DESAFIO NAS MISSÕES

Manuel Filho

Ilustrações Ricardo Dantas

1ª edição

Conforme a nova ortografia

Editora Saraiva

Editora Saraiva

SARAIVA Educação S.A.
Avenida das Nações Unidas, 7.221 – Pinheiros
CEP 05425-902 – São Paulo – SP
www.editorasaraiva.com.br

Tel.: (0xx11) 4003-3061
atendimento@aticascipione.com.br

Gerente Editorial: ROGÉRIO CARLOS GASTALDO DE OLIVEIRA
Assistente editorial: KANDY SGARBI SARAIVA
Auxiliar de serviços editoriais: ANDRÉIA PEREIRA
Preparação de texto e suplemento de trabalho: MIRÓ EDITORIAL
KANDY SGARBI SARAIVA
Revisão: PEDRO CUNHA JR. e LILIAN SEMENICHIN (Coords.) / DENISE CERON / IVANI CAZARIN
Gerência de arte: NAIR DE MEDEIROS BARBOSA
Supervisão de arte: ANTONIO ROBERTO BRESSAN
Capa: CÉSAR LANDUCCI
Diagramação: EDSEL MOREIRA GUIMARÃES

Dados Internacionais de Catalogação na Publicação (CIP)
(Câmara Brasileira do Livro, SP, Brasil)

Manuel, Filho
Desafio nas missões / Manuel Filho ; ilustrações de Ricardo Dantas. — São Paulo : Saraiva, 2008. — (Coleção Jabuti)

ISBN 978-85-02-06965-7

1. Contos - Literatura juvenil I. Zozi. II. Título. III. Série.

08-00161 CDD-028.5

Índices para catálogo sistemático:

1. Contos - Literatura infantojuvenil 028.5
2. Contos - Literatura juvenil 028.5

7ª tiragem, 2018
CL 810139
CAE 603344

Impressão e acabamento: Bartira

Para o meu pai

Sumário

Isso não pode estar acontecendo!

Lígia não acreditava que havia caído novamente naquela conversa:

— Sim, guria... — garantira-lhe Tiago no dia anterior. — Quando passar lá em casa amanhã pela manhã, o trabalho vai estar todo pronto.

Dentro do carro, no dia seguinte, Lígia já esperava por Tiago havia meia hora. Junto com ela estava seu pai, zangado.

— Desculpe! — disse o garoto, entrando apressado no carro. — Bom dia, seu Amadeu. — O pai de Lígia respondeu secamente e tocou o carro rumo à praça onde os jovens iriam pegar um ônibus.

— Você conseguiu terminar o trabalho? — perguntou Lígia.

— Bah! Claro. Tem grampeador aí? — perguntou Tiago.

— E por que você acha que eu teria um grampeador aqui, dentro do carro? — ela irritou-se, tomando as páginas soltas e colocando-as numa pasta.

— Pelo menos eu terminei — resmungou ele. — Gostou?

Tudo tinha sido feito no computador, com capricho. Lígia adorou, mas não mostrou empolgação para não mimá-lo muito. Conhecia-o havia apenas quatro meses e já o considerava um grande amigo. Quando ela se mudou com o pai para a cidade de Santo Ângelo, no Rio Grande do Sul, temia sentir-se uma estranha, mas Tiago cuidou para que aquilo não acontecesse.

Assim que a conheceu, ele se interessou pela garota e lhe mostrou toda a cidade. Lígia gostou da gentileza dele. Aquela não era a primeira vez que começava o ano letivo em outra escola. Esporadicamente mudava de cidade e até mesmo de Estado. Seu pai era militar e, de vez em quando, ocorria sua transferência para diferentes postos pelo país.

— Tomara que a gente não perca o ônibus — comentou Tiago.

— Se a gente perder, você vai se ver comigo! — ameaçou a garota, preocupada.

Para aquele dia, o professor de História marcara uma excursão muito importante: uma visita às ruínas de São Miguel das Missões. Após explicar os acontecimentos históricos, ele dividiu a classe em grupos e pediu que pesquisassem com detalhes os episódios do passado. Depois, cada grupo encenaria o período estudado como se fosse um teatro. Valeria tudo: criar desde o figurino até a trilha sonora.

— Chegamos! — disse seu Amadeu — E agora, cadê o ônibus?

Tiago se encolheu no banco porque o ônibus não estava na praça.

— Acho que perdemos — preocupou-se Lígia. — E se você telefonasse para o professor? — Tiago vivia com o celular para cima e para baixo, era um modelo muito moderno.

— Eu não tenho o número dele — respondeu Tiago, desolado. — E nem adianta ligar para outra pessoa da classe. Aposto que ninguém levou o celular.

Lígia se lembrava de que, certo dia, na sala de aula, o telefone de um aluno tocou. Aquilo bastou para que todos fossem proibidos de levar o aparelho para qualquer atividade na escola. Todo mundo obedecia à ordem, exceto Tiago, contrariando qualquer lei existente.

O pai da garota deu uma volta pela praça como se procurasse alguma pista. Parou em frente a uma banca de jornal e um homem informou:

— Acabou de sair um ônibus daqui — disse, colocando de lado o chimarrão que bebericava . — Perderam por pouco.

Seu Amadeu respirou fundo e comentou:

— Vamos tentar encontrar o ônibus na estrada. — Então, pisou no acelerador e partiu em direção ao caminho que levava às ruínas de São Miguel.

— Desculpe, seu Amadeu — repetiu Tiago, sentindo culpa e alívio ao mesmo tempo. — Se eu não tivesse perdido a hora, isso não teria acontecido.

O homem, zangado, não respondeu. Lígia sabia que a bronca seria enorme quando voltasse para casa. Como isso era mesmo inevitável, procurou aproveitar a viagem de pouco mais de cinquenta quilômetros até as Missões.

As ruínas eram o testemunho do trabalho de milhares de índios guaranis. No território onde hoje é o Rio Grande do Sul, sob o controle dos jesuítas, foram fundadas várias Missões, também chamadas de Reduções, que ficaram conhecidas como Sete Povos das Missões.

Viver nas Missões foi a única maneira que os guaranis encontraram para sobreviver. Naquele tempo, a vida era muito dura. Os conquistadores, portugueses e espanhóis, queriam encontrar ouro a todo custo e, para isso, escravizavam os índios. Os padres jesuítas lhes ofereciam proteção dentro das Reduções, mas, em troca, os guaranis tinham de abandonar suas tradições e sua cultura e aceitar a catequização.

— Você fez tudo o que eu pedi? — perguntou Lígia para Tiago, aproveitando o momento ocioso dentro do carro para repassar o trabalho.

— Sim — respondeu o garoto. — Eu vou falar sobre o Tratado de Madri.

— O que vocês sabem sobre isso? — interessou-se seu Amadeu.

— Que foi esse tratado que acabou com as Missões — respondeu Tiago. — Por causa dele, os índios foram forçados a abandonar suas terras.

— Por quê? — insistiu seu Amadeu.

— Bem... — continuou Lígia —, as Reduções ficavam todas em território espanhol. Com o Tratado de Madri, essas terras mudaram de mãos. Passaram a pertencer a Portugal, que não queria os índios vivendo por ali. Temiam que eles se rebelassem e criassem um outro reino. Por isso, os exércitos de Portugal e da Espanha se juntaram para massacrar a todos.

— Isso mesmo — respondeu Tiago. — Os índios não queriam deixar o lugar porque várias gerações tinham trabalhado para construir tudo aquilo. A vida inteira deles estava ali. Declararam, então, guerra aos conquistadores.

— Que ficou conhecida como a Guerra Guaranítica — completou Lígia, dando uma olhadinha no trabalho.

— E o que aconteceu depois? — insistiu seu Amadeu.

— Os guaranis não conseguiram vencer os conquistadores. Muitos foram mortos, e os jesuítas também tiveram de abandonar o território.

— Foi uma coisa muito triste — continuou seu Amadeu, que tinha grande interesse em batalhas antigas. — Os portugueses queriam o território das Reduções de todo o jeito. Era uma forma de acabar com o domínio espanhol em um pedaço de terra que lhes interessava, ficava perto do rio e era bastante estratégico. Os índios se tornaram um problema muito grande, tanto que os dois exércitos precisaram se juntar para conter a rebelião que se formou. Mataram muitos guaranis. Apenas na batalha de Caiboaté morreram mais de 1700 — completou ele. — E então, alguém viu o ônibus?

Nada. Estavam na estrada havia vinte minutos e nem sinal do ônibus.

— Que estranho, tchê! — comentou Tiago. — Já era para ter aparecido. O homem disse que ele saiu pouco tempo depois de a gente chegar na praça...

— Logo a gente encontra — disse Lígia, esperançosa.

— Vamos chegar *antes* dele! — concluiu seu Amadeu secamente e cheio de razão, já que estavam na alça de acesso às ruínas e nenhum sinal do ônibus.

Lígia torcia para que o veículo surgisse na próxima curva. Mas nada aconteceu. Chegaram às ruínas.

— E então, será que vocês não erraram o dia? — especulou seu Amadeu, mostrando irritação na voz. — Cadê o ônibus? Não pode ter desaparecido.

— Não, eu tenho certeza. Hoje era o dia, sim! — respondeu Tiago, olhando ao redor à procura do veículo enquanto descia do carro.

Lígia já se distanciara dos dois. Viu ao longe um grupo de pessoas e resolveu se aproximar. Quando chegou mais perto, observou que eram índios organizando seus artesanatos para os turistas.

— Por favor — perguntou ela para um jovem índio —, você viu algum ônibus por aqui?

— Não — respondeu ele, olhando-a com curiosidade. — Você é a primeira pessoa que apareceu hoje.

Lígia ficou desolada. O que teria acontecido? Onde estaria o ônibus? Virou-se e avistou o pai, ao longe, de pé, ao lado do carro, com os braços cruzados. Ela sabia que tudo aquilo lhe custaria muito caro. Mas, ali, parada no meio das Missões, a garota não poderia imaginar que a maior aventura de sua vida estava apenas começando.

O primeiro contato

Lígia caminhava em direção ao pai para dar a má notícia quando, de repente, seu rosto se iluminou. Seu Amadeu, que a encarava zangado, não entendeu aquela súbita animação.

— Pai, é o ônibus! — gritou a menina. — Olha, ele chegou!

Imediatamente, Tiago virou-se para trás e também respirou aliviado. Tratou logo de retirar de dentro do carro todos os materiais da apresentação.

Lígia correu em direção ao ônibus, cujas janelas já haviam sido abertas pelos colegas, que acenavam animados. O veículo estacionou e o primeiro a sair foi o professor Epaminondas.

— Nossa! Já estão aqui? — impressionou-se o professor, vendo Tiago e Lígia. — Nós esperamos por vocês, mas, como não apareceram, viemos embora. Pena que se atrasaram e perderam a viagem no ônibus. Foi muito divertida.

— Eu não acho que um atraso de quarenta minutos seja um atraso — disse seu Amadeu, ao cumprimentar o professor. — É irresponsabilidade! — completou ele, lançando um olhar de reprovação para Tiago.

— Bem — continuou o professor —, o importante é que estamos todos aqui.

— O que aconteceu? — perguntou Lígia. — Nós corremos feito doidos na estrada para tentar alcançar o ônibus e não vimos vocês.

— Furou um pneu — explicou o professor. — A sorte foi que o motorista conseguiu dirigir até um posto de gasolina próximo e entramos numa borracharia. Acho que por isso não nos encontramos — sorriu ele. — Estivemos o tempo todo atrás de vocês.

— Bem, já que está tudo certo, eu vou embora — anunciou seu Amadeu. Lígia foi até ele, deu-lhe um beijo e ainda acenou quando o carro do pai sumiu na estrada. Estava tranquila agora. Só faltava resolver uma coisa.

— Tá vendo o que você fez? — disse ela, dando um tapinha em Tiago.

— Bah, guria! — resmungou ele, fingindo dor no braço.

— Por sua culpa vou levar o maior sermão do mundo quando eu chegar em casa hoje, mas isso não vai ficar assim.

— Não? — questionou Tiago.

— De jeito nenhum! O senhor vai preparar o cenário da nossa apresentação sozinho. Não vou ajudar em nada! Quem mandou me fazer perder tempo? — dizendo isso, afastou-se do rapaz em direção aos outros colegas de classe.

Todos estavam muito animados, e o professor tentava colocar em ordem a bagunça daqueles trinta e tantos alunos. Encantavam-se com as ruínas. A imensa catedral mantinha sua imponência através de sua fachada, com seus ricos entalhes e sua solitária torre. Todas as pedras haviam sido cortadas e encaixadas perfeitamente pelos índios, não havia nenhum sinal de argamassa. O teto já havia desabado há muito tempo, mas as paredes ainda se mantinham de pé. Não havia nenhuma imagem dentro dela. Algumas tinham sido roubadas ou destruídas. Outras tiveram melhor sorte e permaneciam expostas no museu que ficava bem próximo às ruínas. Um imenso sino, que outrora badalara na torre, repousava silencioso no chão.

Era a primeira vez que Lígia punha os olhos naquelas paredes centenárias. Desde que ouvira falar das Missões, sentira vontade de visitá-las. Deslumbrava-se com os corredores em que, no passado, os índios estariam cantando, esculpindo e construindo. Andava distraída, mas, ao ouvir o som do apito do professor, sabia que havia muito trabalho a fazer.

O professor apitava insistentemente e, quando considerou que todos os alunos já estavam por ali, deu as instruções finais:

— Nós vamos fazer nossa encenação bem na entrada da catedral.

— E se algum turista quiser passar no meio da cena? — perguntou Tiago.

— Finjam que ele é um fantasma, que ele não está ali. Afinal, não existiam homens com máquinas fotográficas naquela época, certo, Tiago? — Ouvindo isso, o rapaz escondeu seu celular. Seu telefone funcionava como computador, câmera digital, televisão, videogame e mais o que a imaginação do rapaz mandasse.

— Nós vamos começar em ordem cronológica — prosseguiu o professor. — O grupo 1 vai mostrar a chegada dos jesuítas, o 2, a construção das Reduções, e assim por diante. Mãos à obra, pessoal.

Todos os jovens começaram a preparar o material das exibições. Lígia deu uma piscadinha para Tiago e voltou a andar pelos arredores. Sentiu muita vontade de entrar no museu que ficava logo ali na entrada. Viu pelos vidros que lá dentro havia vários santos esculpidos. O que mais lhe chamava a atenção era que alguns deles tinham rosto de índio; diferentes das outras imagens que ela já havia visto na vida. Observou a enorme cruz cravada no chão, que teria presenciado a decadência de tudo aquilo ao longo dos tempos.

— Moça, quer comprar?

Ao ouvir isso, Lígia virou-se e viu um indiozinho segurando uma oncinha de madeira na mão.

— Se a senhora não gostar desta, tem outras ali na frente — prosseguiu ele.

Lígia lembrou-se do índio que lhe prestara a informação. Resolveu voltar até lá para ver melhor as mercadorias que ele tinha para vender. Seguiu o indiozinho e observou todo o artesanato: vários cestos, pequenas esculturas de madeira representando animais e as cruzes missioneiras, cruzadas, não uma vez, como as cruzes comuns, mas com duas tábuas paralelas.

— Oi, você voltou? — perguntou o mesmo índio que a atendera da primeira vez.

— Sim, vim ver o que vocês fazem por aqui — respondeu Lígia.

— Então veja isto, talvez você goste — e o índio levantou um cesto com pintura indígena, todo trançado. — Gostou?

— Sim — respondeu ela. — Mas é muito grande!

O índio sorriu e guardou o cesto.

— Então, talvez você goste deste — ele mostrou um menor que agradou em cheio a garota.

— Gostei, mas deve ser muito caro — especulou ela. O índio informou o preço e a garota o achou bastante justo. — Tá bom, eu fico com ele. Mas eu preciso te pedir um favor.

— O quê? — perguntou o índio.

— Guarde ele para mim e, quando eu for embora, eu volto pra pegar. Vou deixar pago — a garota abriu a bolsa, mas foi impedida pelo índio.

— Pague quando voltar. Eu guardo para você!

Lígia agradeceu e voltou em direção ao grupo. Ainda se virou mais uma vez para olhar o rapaz. Nunca conversara antes com um índio, ele era tão diferente de tudo o que ela pensava! Não estava pelado, pintado, nem usava cocar. Vestia um calção e deixava a camisa aberta, de onde se via brevemente o peito liso. Era um belo rapaz, pensou ela.

Sentiu vontade de ficar ali conversando com ele, mas, ao ouvir seu nome sendo chamado ao longe, sabia que não poderia. Porém, naquele dia, não conseguiria pensar muito em qualquer outra coisa.

A surpresa de Mani

— Anda, corre, guria — gritou Tiago. — O trabalho já começou!

Quando Tiago terminou de preparar os materiais para a apresentação do trabalho, teve de sair procurando Lígia. Estava bravo porque não esperava que a garota tivesse se afastado tanto do grupo. Quando a viu junto dos índios, saiu correndo em sua direção. Chamou-a várias vezes e mesmo assim ela não o ouvia. Só quando se aproximou, percebeu que ela parecia voltar direto do mundo da lua.

Ainda rememorando seu breve encontro com o índio, Lígia sentou-se ao lado de Tiago e começou a assistir ao primeiro trabalho apresentado. Começara o grande teatro: parte dos alunos interpretava índios e a outra, jesuítas. A cena inicial foi a do primeiro encontro desses dois grupos.

— Olha só, os índios vão comer o jesuíta mais gordinho! — gritou um dos alunos, causando riso em toda a classe. O canibalismo serviu para mostrar que o domínio dos índios não foi assim tão fácil. Os guaranis resistiram, como continuou a mostrar o segundo grupo, mas, quando começaram a ser mortos e escravizados pelos bandeirantes e pelos colonizadores, resolveram aceitar a proteção oferecida pelos jesuítas e tomaram parte nas Reduções.

— O nosso grupo vai mostrar como era o cotidiano nas Missões — disse uma das alunas.

Logo alguns alunos surgiram do interior das ruínas, dançando, cantando e carregando esculturas.

Enquanto essa cena acontecia, Tiago chamou Lígia para se prepararem: a próxima seria a deles. O rapaz se vestiu de rei da Espanha e Lígia, de rei de Portugal. Ela disse:

— Eu troco a minha terra pela sua. Quero os índios fora daqui! — quando disse isso, Lígia ergueu os olhos e viu, de pé, o índio que acabara de conhecer, ao longe, assistindo à apresentação. Sentiu-se envergonhada de pronunciar aquelas palavras. Não conseguia acreditar que pessoas do outro lado do mundo pudessem ter comandado a morte de tantas outras por ali.

Tiago pegou uma grande pena e assinou o Tratado de Madri, sendo aplaudido por toda a corte, formada pelos outros alunos do grupo.

Em seguida, todos os grupos se levantaram e principiaram a batalha. De um lado, os índios; do outro, os conquistadores europeus. Começaram as lutas e, um a um, os índios foram caindo mortos. Alguns conseguiram fugir, mas logo os portugueses declaravam a região das Missões como território de Portugal.

Finda a apresentação, o professor Epaminondas ergueu-se emocionado e aplaudiu toda a classe. Fizeram um grande lanche e trataram de desejar boas férias para todo mundo. Lígia sabia que não iria para lugar nenhum, seu pai não sairia de férias e jamais a deixaria viajar sozinha com quem quer que fosse. Tiago também não iria viajar e por isso já se dispusera a fazer alguns programas divertidos com a garota.

Logo os alunos começaram a voltar para o ônibus.

— Tiago, vai pro ônibus e pede para me esperarem um pouquinho. Preciso pegar um negócio ali.

— Que negócio? — quis saber ele.

— Depois eu te mostro — Lígia saiu correndo em direção aos índios, deixando Tiago com um olhar desconfiado.

— Oi — disse o índio, vendo a garota se aproximar. — Parabéns pela apresentação — continuou ele. — Foi muito bonita.

— Você gostou?

— Sim, eu não consegui ouvir nada daqui, é longe. Você estava vestida de noiva? — perguntou ele.

— Não — riu-se a garota, imaginando que sua roupa não estava mesmo lá essas coisas. — De rei!

Desta vez foi o momento de o índio rir.

— Vim buscar meu cesto — disse ela.

— Aqui está — respondeu ele, enquanto ela lhe entregava o dinheiro.

— Muito... muito obrigada — completou Lígia sem vontade de ir embora. — Até... outro dia!

— Sim, volte! Eu estou sempre aqui. Onde você mora?

— Em Santo Ângelo — respondeu ela.

— Ah, eu vou lá de vez em quando. Tomara que a gente se encontre!

— Seria muito legal — respondeu ela. De repente, ouviu o apito do professor Epaminondas. — Desculpe, tenho de ir. Obrigada por ter guardado o cesto para mim.

— Foi um prazer — respondeu ele.

Lígia sentiu as pernas bambas, mas teve de tomar seu rumo em direção ao ônibus. Ao chegar à porta, ergueu o braço para o índio, que respondeu ao seu aceno.

— O que é isso aí? — perguntou Tiago, quando ela se sentou ao seu lado.

— Um cesto que eu comprei — respondeu Lígia.

— Bah, para que você comprou isso?

— Porque eu achei bonito — impacientou-se ela.

Tiago deu de ombros e começou a verificar se havia alguma mensagem em seu celular. Lígia admirou o cesto, imaginou quão especiais seriam as mãos que o trançaram tão perfeitamente. Ergueu a pequena tampa, que também exibia pinturas coloridas, e surpreendeu-se ao ver que havia, no fundo do cesto, um pequeno embrulho. Pegou-o e abriu-o. Era uma pulseira. Dentro havia um bilhete que ela leu com muita curiosidade.

Lígia, fascinada, colocou a pulseira em seu braço imaginando quem seria aquela Mani, e por que havia se esquecido de perguntar o nome do índio.

Amor e ciúme

As primeiras férias de Lígia em Santo Ângelo foram divertidas, pelo menos até o limite que poderiam ser. Seu pai não a deixava chegar muito tarde em casa e a controlava muito. Ela até já estava acostumada; sempre fora assim nas outras cidades. Toda essa proteção tinha uma razão bem específica. Desde que seu Amadeu ficara viúvo, sua filha tornou-se a coisa mais preciosa de sua vida. A morte da esposa o abalara muito, e ele só conseguiu encontrar forças para sobreviver em razão de Lígia, que tanto precisaria dele.

A menina não se lembrava com clareza da mãe, perdera-a muito cedo. Tinha agora quatorze anos e há dez já vivia aquela situação. O pai, para buscar o esquecimento, resolveu investir na carreira militar e, sempre que surgia uma oportunidade, mudava de cidade. Desejava esquecer o passado a todo custo. Quem sofria com isso era a garota, que nunca conseguiu estabelecer laços de amizade com outros jovens. Quando começava a fazer parte de algum grupo de amigos, seu pai dava um jeito de conseguir uma transferência. Temia perdê-la. O controle era rigoroso, e os rapazes não gostavam de se aproximar dela quando descobriam que seu pai era militar; consideravam-no muito nervoso.

Lígia sentia-se mais tranquila na nova casa porque seu Amadeu não achava a cidade perigosa e até permitia que a filha saísse para conhecer os lugares.

O primeiro local que visitou foi o Museu das Missões de Santo Ângelo, que reunia vários dados sobre aquele período.

Depois da experiência que teve nas ruínas, achou que seria o lugar ideal para obter outras informações.

Tiago tornou-se uma presença constante; sempre a convidava para passear. Seu Amadeu o tolerava apenas porque um dia ouvira uma conversa de Lígia ao telefone em que ela confessava o que sentia em relação ao garoto: achava-o bonitinho, alegre, mas apenas um bom amigo.

Tiago, que tinha a mesma idade de Lígia, era um garoto que ainda estava se formando. Era um pouquinho gordo e só pensava em comer tudo o que quisesse. Dizia que estava em fase de crescimento e que, quando parasse de crescer, seu peso ficaria correto. Sua voz estava mudando e produzia alguns sons esganiçados. Os cabelos claros combinavam com os olhos e a pele branca, tudo herança genética dos alemães que, há muitos anos, chegaram por aquelas terras.

Lígia não o via como um possível namorado. Pensava que ele era um pouco imaturo. Se ainda fosse mais velho, talvez eles pudessem ser algo além de amigos. Tiago até tentou se aproximar dela, mas sempre encontrou resistência. Nunca a jovem lhe dera um beijo ou andara de mãos dadas com ele.

Certo dia, saíram para ir ao cinema. Para variar, o telefone de Tiago tocou e ele se pôs a falar. Lígia afastou-se para olhar uma vitrine. Foi então que viu, dentro da loja, o índio que conhecera nas ruínas. Olhou para Tiago e, pelo jeito da conversa, ele iria demorar ao telefone. Fez-lhe um sinal de que entraria naquela loja, olhou-se no espelho e caminhou em direção ao índio.

— Olá! Lembra de mim? — disse Lígia, tocando-lhe o ombro.

— Oi — respondeu ele. — Claro que sim! — alegrou-se o jovem ao perceber quem era. — Vejo que você gostou do presente que eu te dei.

Lígia olhou para o braço e lá estava a pulseira que o índio deixara dentro do cesto. Desde então, ela sempre usava a peça para onde quer que fosse.

— Claro que eu gostei — empolgou-se ela. — Só que você precisa me dizer: quem é essa Mani?

Lígia impressionou-se novamente com o índio. Ele exibia um vigor e uma beleza que até então ela não havia notado nos rapazes com quem convivia. Seus cabelos pretos contrastavam com a pele morena, que parecia se moldar em cada músculo do rapaz. Deveria ter uns dezessete anos de idade. Ele também se interessara por Lígia. Já vira muitas garotas diferentes que visitavam as Missões, mas nunca alguém com um olhar como o dela. Os olhos azuis lembravam-lhe o céu e o cabelo louro parecia invocar os deuses do sol. Foi isso que o fez recordar da antiga lenda de Mani.

Potirava contou que quando a mãe de Mani avisou que estava grávida, o pai dela exigiu que se dissesse quem era o pai daquela criança. A índia insistia que não tivera nada com homem algum. Ele não acreditou. Decidiu que iria matar a filha porque ela havia desonrado a família, mas o índio sonhou com um homem branco que dizia que, se ele fizesse aquilo, iria receber um castigo terrível. A jovem então pôde ter sua criança. Nasceu uma menina muito branca, como ninguém havia visto antes, e lhe deram o nome de Mani. Todos gostavam dela, mas o bebê morreu muito cedo, antes de completar um ano. Foi enterrada dentro de uma maloca e um dia nasceu uma planta que ninguém tinha visto antes. A planta cresceu, deu frutos e os pássaros ficavam embriagados com eles. Então, a terra cedeu no pé da planta e os índios encontraram uma raiz branca no formato do corpo de Mani. Todos pensaram que era um milagre de Tupã e, desde então, aquela raiz se tornou um dos principais alimentos de seu povo, a mandioca.

— Que bonita essa história. Agora eu gosto ainda mais do presente que você me deu — disse a garota, sentindo-se muito à vontade perto do índio. — Eu queria saber mais uma coisa!

— O quê? — perguntou ele.

— Seu nome!

— Meu nome é Potirava. Foi o nome de um grande chefe guarani que lutou pela independência do meu povo. E o seu?

— Lígia! — chamou Tiago, que, desde que terminara o telefonema, procurava por ela.

— Acho que agora você já sabe meu nome — comentou a garota com o índio. — Este é meu amigo Tiago.

— Oi — disse o rapaz, olhando o índio de cima abaixo. — Vamos embora senão a gente vai perder o cinema — completou ele.

— Tá certo — concordou Lígia, visivelmente contrariada. — Foi muito legal encontrar você por aqui, Potirava.

— Eu também gostei — respondeu ele. — Venho toda sexta-feira trabalhar na feira de artesanato. Dê uma passadinha lá. Fiz novos cestos, acho que você vai gostar.

— Eu vou, sim — falou ela sob o olhar atento de Tiago. Em seguida, despediu-se do índio e saiu da loja feliz da vida.

— Bah, por que ele veio falar com você? — perguntou Tiago.

— Não foi ele que veio falar comigo — anunciou a garota.

— Não? — espantou-se Tiago.

— *Eu* é que fui falar com ele — respondeu ela. — Tem algo de errado nisso?

— Não, nada — incomodou-se Tiago. — É que seu pai não quer que você fale com estranhos. Ele me pediu para tomar conta de você, lembra?

— Tiago, por favor, pai pra me vigiar já basta um. Você não!

Enquanto Tiago caminhava contrariado ao lado de Lígia, ela pensava se teria agido errado ao abordar o índio. Será que ele teria ficado assustado? Será que os rapazes dali achavam estranho que uma garota tomasse a iniciativa de falar com eles? Bem, já estava feito. Quando vira Potirava, sentira desejo de conversar com ele novamente. Não quisera perder aquela oportunidade. Naquele momento, ela só sabia uma coisa: queria muito que chegasse sexta-feira.

O fim de uma amizade

Não foi preciso inventar nenhuma desculpa especial para ir até a feira de artesanato naquela sexta-feira. Seu Amadeu até achava bom que a filha manifestasse interesse pela cultura.

Lígia se arrumou com cuidado, colocou uma roupa confortável e passou um perfume suave. Nas mãos, nenhum anel que pudesse tirar a atenção do único objeto que realmente importava: a pulseira que Potirava lhe dera.

Para Tiago, contou que ficaria em casa naquela tarde porque tinha de colocar em ordem alguns documentos do pai. O rapaz ainda se ofereceu para ajudá-la, mas ela disse que o pai não gostaria de ver alguém que não fosse da família mexendo em seus documentos particulares. Terminou de se olhar no espelho e saiu para a rua. Era um dia quente. Foi para o ponto de ônibus e logo tomou o coletivo que a levaria até a praça central da cidade, local da feira de artesanato. Como ainda não tinha muita experiência, distraiu-se com a vista e acabou passando do ponto. Desceu do ônibus e voltou caminhando.

A praça estava cheia. Um cheiro de churrasco invadia o ar. Por todos os lados, homens e mulheres caminhavam com seus inseparáveis chimarrões. Pelas bancas, as mais diferentes mercadorias: bordados, joias de prata, pinturas, algumas antiguidades e, principalmente, artesanato indígena.

Lígia viu Potirava em um dos cantos da praça, cercado por seus cestos, e muitas pessoas a admirá-los. Ajeitou a roupa e se aproximou.

— Olá, tudo bom? — sorriu para Potirava, que se alegrou quando a viu.

— Tudo ótimo — disse ele, levantando-se para cumprimentar a garota. — Acho que eu vou te dar outra pulseira — continuou ele —, assim você não fica usando só uma.

Lígia sorriu. Ela percebeu que o rapaz tentava lhe dar atenção, mas toda hora chegava alguém para perguntar o preço de algum produto, e o rapaz se voltava para atender o freguês.

— Que tal a gente se encontrar mais tarde, para almoçar? — perguntou ela.

— Tudo bem! — respondeu ele. — Se você não se incomodar de dividir a minha marmita comigo...

— Se você tivesse me avisado, eu também teria trazido uma — completou a garota, combinando que voltaria mais tarde.

Lígia continuou caminhando pela feira. Parou para ver alguns artistas que se apresentavam na rua, músicos e malabaristas. Experimentou alguns anéis de prata e roupas.

— Já terminou de arrumar os documentos de seu pai? — Lígia sentiu um toque no ombro ao ouvir essa pergunta. Nem precisou se virar para saber de quem se tratava.

— Oi, Tiago — falou ela. — Pois é, acabei e vim dar uma olhadinha na feirinha.

— Pôxa vida, mas acabou muito rápido, não é mesmo? — continuou ele.

Lígia sentiu-se sem jeito. Não gostava de mentir para Tiago, mas não queria vê-lo naquele momento.

— Vi você conversando com aquele índio — comentou ele.

— Faz tempo que você está por aqui, Tiago? — perguntou Lígia, desconfiada.

— Mais ou menos — respondeu ele. — E então, não era o mesmo índio das Missões, aquele que te deu a pulseira?

— Sim — respondeu ela. — Acho que era.

— Como acha? — insistiu o rapaz. — Até *eu* sei que era.

— Tudo bem, Tiago! — irritou-se Lígia. — O que você quer saber?

Desde o dia em que ela se encontrara com o índio na cidade, Tiago ficara desconfiado. Depois lembrou-se de vê-la usando sempre a mesma pulseira. Ela nunca usara, com tanta frequência, nenhum dos presentes que ele lhe dera... Ouviu também o índio contar para Lígia dos dias em que trabalharia na cidade e resolveu verificar se suas suspeitas estariam corretas.

— Eu... — começou ele. — Sei lá... Você... Você... o que você conversou com o índio?

— Bom — respondeu ela —, o nome dele é Potirava e mais tarde eu vou almoçar com ele.

— Almoçar?! — espantou-se o garoto.

— Sim, almoçar, comer — impacientou-se Lígia. — Todo mundo faz isso!

— Só não sei se seu pai iria gostar de saber que você fica por aí almoçando com índios.

Lígia sentiu-se empalidecer, num misto de raiva e medo.

— E como é que ele pode ficar sabendo? — perguntou, olhando no fundo dos olhos de Tiago.

— Não sei, alguém pode ver... A cidade não é muito grande.

— Tiago! — o rapaz tremeu ao ouvir a entonação que a garota deu ao dizer seu nome. — Você está me ameaçando?

— Não, Lígia! Estou só preocupado. Você não sabe quem ele é, de onde vem...

— Estou *conversando* com ele. Vamos só almoçar juntos. Que mal pode haver nisso? — insistiu a garota.

— Tudo bem, Lígia — respondeu Tiago. — Pode fazer o que quiser. A vida é sua. E pode ficar tranquila, eu não vou falar nada para o seu pai.

Dizendo isso, o garoto virou as costas e foi embora. Lígia tremia. Tinha sido muito dura com o amigo, mas não gostava de sentir-se acuada. Sentou-se em um banco e resolveu descansar um pouco. Pensou em ligar para Tiago, pedir desculpas, mas era melhor fazer aquilo mais tarde. Na verdade, mudou de ideia várias vezes. Chegou a pensar que era *ela* quem merecia um pedido de desculpas, afinal, não estava fazendo nada de errado. No fim das contas, decidiu que esperaria que ele se desculpasse.

Com esses pensamentos confusos, esperou o tempo passar. Comprou um lanche e um suco e foi novamente ao encontro de Potirava. Ele se levantou quando a viu, deixando os cestos aos cuidados de outro índio. Foram para um canto mais tranquilo da praça fazer o lanche.

Lígia não conseguia explicar muito bem o porquê mas, estar ali, sentada naquele banco, comendo aquele lanche tão simples junto de Potirava a fazia tão feliz como há muito tempo não se sentia. Olhou para o jovem e desejou que aquele momento não terminasse nunca.

Minutos de vergonha e medo

Lígia e Potirava continuaram a se encontrar. Lígia deixou-se envolver pelo rapaz, por sua voz, pelas coisas que ele dizia. Os momentos que ficavam distantes pareciam durar uma eternidade. Faziam rapidamente suas atividades diárias na esperança de que o tempo passasse mais depressa. Potirava começou a tecer o nome de Lígia em cada cesto que terminava como se fosse uma pequena assinatura. Ela fazia anotações apaixonadas em um diário.

Entretanto, a distância era um empecilho. Potirava só conseguia vir para a cidade de Santo Ângelo três vezes por semana, de carona com um rapaz que fazia entregas para o restaurante das Missões. Em troca, ele ajudava a descarregar toda a mercadoria. Lígia sempre o encontrava na praça e por ali ficavam andando, conversando e principalmente se conhecendo cada vez melhor.

Não demorou a acontecer o primeiro beijo. As palavras que Lígia escreveu em seu diário, depois do acontecido, foram: UM MOMENTO MÁGICO. Logo a atração inicial tornou-se paixão. Agora Lígia entendia por que sempre se sentira estranha quando se aproximava do garoto. Era amor, uma vontade incrível de trocar com ele tudo que ela tivesse de bom. Estavam realmente apaixonados e queriam que o mundo soubesse disso. Existia o medo, mas não deixariam que atrapalhasse suas vidas.

Lígia decidiu apresentá-lo para seu pai. Queria levá-lo em casa e parar de sair às escondidas. Sabia que o pai ficaria zangado, mas, cedo ou tarde, ele descobriria tudo, e talvez fosse até pior se ele soubesse por terceiros. Pensando nisso, lembrou-se de Tiago, que nunca mais lhe telefonara.

Mas agora aquilo não importava. Precisava achar a melhor maneira de apresentar Potirava para seu Amadeu.

Combinou com Potirava que, em um dos dias em que viesse para a cidade, ele iria à casa dela. O rapaz ficou com medo, mas também achava melhor que tudo ficasse claro e que pudessem namorar em paz.

No dia marcado, ele colocou sua melhor roupa e foi direto para a casa de Lígia. Naquele dia, não descarregou nada para não se sujar ou ficar suado. Ao chegar à casa dela, Lígia já o esperava do lado de fora. Beijaram-se e entraram. Na sala estava seu Amadeu, vendo um programa de televisão. Lígia aproximou-se dele, deixando Potirava sozinho por um momento.

— Pai — disse Lígia —, eu queria lhe apresentar uma pessoa.

O homem se virou, e Potirava notou quando seu rosto mudou de fisionomia. Seu Amadeu franziu a testa, fazendo um olhar de espanto. Potirava esboçou um boa-noite, mas o constrangimento na sala foi tão grande que logo ele desejou que aquele pesadelo terminasse.

— Quem é você, meu rapaz? — perguntou seu Amadeu.

— Meu nome é Potirava. Eu sou descendente de índios e vivo nas...

— Como eu pensava — interrompeu o homem. — Minha filha, o que é isso? Deu para trazer gente estranha pra dentro de casa?

Lígia engoliu em seco. Sabia do temperamento do pai, o sangue espanhol fervia. No momento, sua grande preocupação era Potirava. Ela já sabia lidar com o temperamento do pai, mas o rapaz, coitado, devia estar se sentindo péssimo. Como não tinha outra opção, Lígia resolveu, pela primeira vez na sua vida, tomar uma atitude.

— Ele não é gente estranha! É meu namorado e eu não admito que o senhor fale assim com ele.

— Deixe, Lígia — tranquilizou-a Potirava, que, ao longo da vida, já se acostumara a enfrentar situações preconceituosas.

— Aqui você não tem de admitir nada. Você é minha filha, me deve respeito. Mas o que foi que você disse? Namorado? Filha minha não vai namorar vagabundo nenhum nessa vida! Não quero que você traga tipos como esse para dentro de casa!

— Ele trabalha, não é vagabundo! — gritou ela.

— Trabalha com o quê? — gritou o homem. — Na praça? Eu não criei uma filha para isso! Vá embora daqui, rapaz, e se afaste de minha filha!

Potirava compreendeu que o ódio do homem era muito grande; melhor obedecê-lo.

— Não saia! — implorou a garota.

— É melhor ir — concluiu Potirava. — Amanhã a gente se fala.

— Se fala nada! — gritou seu Amadeu. — Não quero que você se aproxime da minha filha, senão eu chamo a polícia!

O rapaz saiu da casa e Lígia correu atrás dele.

— Me desculpe — chorava ela. — Me perdoe. Eu não imaginei que ele fosse reagir deste jeito. Ele... Ele... é muito..., des-

culpe, eu deveria ter te avisado que ele poderia reagir muito mal. A culpa é minha.

— Não tem problema — consolou-a Potirava. — Não é culpa sua. Agora não é uma boa hora. Volte para dentro de casa e amanhã a gente se fala.

Trocaram um beijo. Ela quis acompanhá-lo, mas ele achou que poderia piorar a situação. Era melhor dar tempo ao tempo. Potirava chorou ao se afastar. De repente, sentiu-se pequeno no mundo, parecia que tudo ao seu redor era maior do que ele. Não sentia vontade de falar, de gritar ou de reagir. Só queria entender a razão daquela violência por parte de uma pessoa que jamais o vira antes. Por que tanto ódio? Já sofrera muito por causa do preconceito, mas nunca fora tão humilhado.

Tomou o ônibus para as Missões e nem percebeu quando chegou a hora de descer. O motorista, que já o conhecia, percebeu a tristeza naquele rapaz sempre tão alegre, mas não ousou questionar a razão de tudo aquilo. Apenas pediu que descesse.

Potirava desceu e terminou o caminho andando. Foi para sua casa — tão simples em relação à de Lígia.

"Seria isso?", pensou ele, "só porque moro em outro lugar não sou digno de ficar com a pessoa que eu amo?". Potirava tirou a roupa e foi direto para a cama.

Não conseguia pegar no sono. Pensou em toda a sua vida na pequena aldeia. Seria tão mais simples apaixonar-se por alguém dali mesmo, que compartilhasse seus hábitos, seus costumes. Mas... surgiu Lígia, que também poderia pertencer ao mundo dele e que era tão especial.

O sono não vinha. De sua cama, ouviu um carro chegando. Era estranho, naquela hora não vinha ninguém de carro por ali. De repente, alguém começou a bater em sua porta, gritando. Potirava vestiu a camisa e foi em direção à porta. Abriu-a. Não acreditou no que viu. Diante dele estava seu Amadeu e dois policiais. O homem estava com uma expressão furiosa, sua voz cheia de ódio.

— O que foi que você fez com a minha filha? — gritou ele.

Sozinho no mundo

Na delegacia, Potirava teve de repetir tudo o que dissera para o pai enfurecido de Lígia. Na porta da casa do índio, seu Amadeu precisou ser controlado pelos policiais e pelo rapaz que o acompanhava. O rapaz, Potirava logo reconheceu, era Tiago.

Potirava estava tão surpreso quanto os outros. Seu Amadeu dissera que a garota havia desaparecido tão logo ele fora embora de sua casa. O homem ficou muito preocupado com o acontecido e saiu procurando pela filha. Não a encontrando, entrou em desespero e julgou que ela teria sido raptada pelo índio.

Potirava contou a verdade para o delegado. Explicou sua versão, dizendo que fora direto para sua aldeia depois que saíra da casa de Lígia. Não contou da humilhação sofrida, poupando seu Amadeu de qualquer constrangimento. Para a sorte do rapaz, o motorista do ônibus, que também havia sido chamado, confirmou toda a versão.

— Mas isto não prova nada! — gritou Amadeu. — Ele pode muito bem, que Deus me livre, ter sumido com a minha filha e voltado para casa.

— Eu não fiz isso! — respondeu Potirava, indignado.

O delegado ordenou que os dois se calassem. Não havia provas contra o índio. O máximo que seu Amadeu poderia fazer era registrar uma queixa. O delegado julgava que a garota poderia ter simplesmente fugido de casa. Teriam de esperar.

O delegado ainda conversou em particular com seu Amadeu, alertando-o de que poderiam ter problemas caso retivessem o índio por ali. Aquilo poderia gerar um grande escândalo. Pela lei, eles não poderiam prender Potirava. Por fim, foram todos liberados, e Potirava procurou sair rapidamente da delegacia, evitando confronto com seu Amadeu ou com Tiago, que permaneceu calado o tempo todo.

— Se aconteceu algo com a minha filha, você vai me pagar caro! — ameaçou, por fim, seu Amadeu.

Potirava seguiu seu caminho. Estava preocupado. O que teria acontecido com Lígia afinal de contas? Desejava que ela não tivesse feito nenhuma besteira. Tentou se lembrar das últimas palavras da garota e não se recordava de nenhuma frase que indicasse que ela fosse fugir de casa.

"Ela não faria isso", pensou ele. "Se ela quisesse sair dali, teria ido embora comigo. Não voltaria para dentro de casa para brigar sozinha com o pai. Onde ela estará?"

Potirava recusou a carona da polícia, que queria levá-lo de volta. Decidiu que passaria toda a noite procurando por Lígia se preciso fosse. Vasculhou primeiro os locais onde os dois costumavam se encontrar. Nenhum sinal. Tomou coragem e voltou à casa dela. Cuidou para não ser visto e procurou na calçada por alguma pista. Refez seu caminho até o ponto de ônibus, mas também não encontrou nada.

Cansado, resolveu voltar para a aldeia. Manteve a esperança de que a garota surgisse no meio do caminho para lhe contar o que havia acontecido. Entretanto, nada ocorreu. Ao chegar à aldeia, encontrou um pequeno tumulto. Todos haviam se reunido, preocupados com a demora do rapaz.

— Potirava! Que bom que você chegou! Estávamos preocupados — disse o pajé ao vê-lo chegar. — Fizeram alguma coisa com você?

— Não — respondeu ele. — Estou bem.

Ao seu encontro vieram praticamente todos da tribo. Não era uma tribo nos moldes antigos, já havia sofrido alguma urbanização. Era um local com poucas casas, reservado exclusivamente aos índios. Ali se preocupavam em manter as tradições.

— Eles não me fizeram nada. Estou bem — concluiu Potirava, acalmando todos. — O senhor tem alguma notícia de Lígia?

— Não — respondeu o pajé. — E era melhor que você parasse de se preocupar com ela. Foi por causa dela que tudo isso aconteceu com você.

Potirava não respondeu. Apenas lamentou a falta de informações, despediu-se de todos e caminhou para a sua casa. Sempre era difícil voltar para o seu lar. Vivia sozinho, em um pequeno quarto, desde que seus pais foram mortos por uma questão de terra jamais esclarecida. Os assassinos nunca foram presos. Potirava ficou sozinho no mundo, sem nenhum parente. O pajé, que se chamava Paracatu, acabou tornando-se uma espécie de avô para o jovem, ajudando-o em momentos difíceis.

Lígia trouxera a alegria de volta. Não era justo que ela também se fosse. Potirava estava deprimido e acabou adormecendo com a triste sensação de que sempre perdia as pessoas que amava.

O escolhido

Na manhã seguinte, Potirava levantou cedo. Dormira pouco, consternado com os fatos do dia anterior. Ainda se lembrava de Lígia pedindo-lhe desculpas pela atitude do pai dela. Sem conseguir tirá-la da cabeça, ainda teria de cumprir suas obrigações com as pessoas da tribo. Era sábado, o melhor dia para vender as mercadorias que produziram ao longo da semana.

Logo pela manhã, juntavam todo o artesanato e se dirigiam para as ruínas de São Miguel Arcanjo, que, por ser considerada patrimônio histórico da humanidade, atraía levas de estudantes e turistas.

Não importava quantas vezes Potirava tivesse visto as Missões, sempre se emocionava quando via a imponência das ruínas da imensa catedral, suas paredes, seus arcos e a torre onde ficavam cinco sinos. Sentia vivas suas raízes naquele pedaço de chão. Logo aprendeu que fora seu povo quem construíra toda aquela maravilhosa obra simplesmente com a força das mãos. Só em São Miguel chegaram a viver em paz mais de sete mil pessoas. Hoje, tudo estava deserto. Um grande sonho do qual restaram apenas as paredes e lembranças de um grande tempo.

Potirava apreciava que seu trabalho fosse admirado pelos turistas, mas não conseguia prestar atenção nas pessoas. Em situações normais, teria prazer em falar sobre seus cestos, o que aumentaria seu faturamento. Porém, naquele dia, não conseguiu se empolgar e acabou vendendo pouco.

— Potirava, você tem de reagir! A mocinha vai aparecer. — Quem disse isso foi o pajé Paracatu, que também era um dos homens mais velhos da tribo e que mais conhecia a história dos guaranis.

— Queria fazer alguma coisa — disse Potirava. — Não acho certo ficar aqui esperando.

O velho abaixou a cabeça.

— Não é culpa sua, meu filho! — disse ele. — Tudo isso tinha mesmo de acontecer.

— Como assim? — perguntou o rapaz.

— É a vontade dos deuses! — disse o velho.

Potirava conhecia e respeitava todo o conhecimento do pajé, que sabia de todas as lendas e magias de seu povo. Achava apenas que os deuses não deveriam ter nada a ver com o desaparecimento de uma garota em pleno século XXI.

— É uma pena, meu filho. Você já sofreu tanto! — disse o pajé. — Preciso lhe contar uma história — continuou ele. — Vamos sair daqui.

Potirava acompanhou Paracatu, que o levou direto para o interior da catedral. O rapaz ficou curioso e, como os turistas já haviam ido embora e ainda demoraria a chegar uma nova leva, achou que poderia descansar um pouco à sombra daquelas velhas paredes.

— Eu não queria que fosse você, meu filho, mas tudo indica que é. Você foi o escolhido! — anunciou o pajé, tão logo pararam no interior da catedral.

— Escolhido para quê? — perguntou o rapaz.

— Sente aqui que eu vou lhe contar uma história — disse Paracatu, acomodando-se no chão.

Sepé Tiaraju e a cobra grande

— Toda essa terra já foi nossa — assim começou o velho Paracatu a contar a história para Potirava. — Aqui se ouvia muita música. Nossos antepassados faziam instrumentos musicais que eram utilizados em terras muito distantes daqui. Viviam em paz. Acontece que, um dia, o homem branco se desentendeu e, por causa disso, uma grande tragédia se passou.

O velho falava lentamente enquanto Potirava preparava um chimarrão para que bebessem: colocava a erva na cuia, ajeitando-a para que deixasse um espaço para a água passar e, em seguida, colocava a água morna, que trazia em uma pequena garrafa térmica, cuidando para que a erva que ficasse na parte de cima não fosse encharcada. Em seguida, colocava a bomba para sugar o mate cuidadosamente para que ela não ficasse entupida.

Paracatu relembrou a história da Guerra Guaranítica, quando os guaranis, de uma hora para outra, perderam tudo o que haviam construído em muitos anos. Potirava se impressionava com o conhecimento do velho. Eram palavras que atravessaram gerações e que agora chegavam aos seus ouvidos.

— Em pouco tempo, morreram muitos de nossos guerreiros, e as mulheres tiveram de se esconder. Foram se abrigar em uma velha igreja abandonada na mata — continuou o velho. — Ali também havia muitos perigos e animais selvagens. E o pior de todos, a M'Boi Guaçu.

— M'Boi Guaçu! — Potirava reconheceu nestas palavras sua língua original, o guarani, e que significavam "cobra grande".

— Era uma cobra muito grande e feia que vivia escondida. Dizem até que soltava fogo. Quando nossos guerreiros foram mortos, a malvada criou coragem e saiu do mato. Foi se esconder, enrolada na corda do sino da mesma igreja onde estavam nossas mulheres.

— E ninguém viu? — quis saber Potirava.

— As mulheres só queriam se proteger e não perceberam quando a M'Boi Guaçu se enrolou por lá.

— E o que aconteceu depois?

Paracatu contou que, com o tempo, a cobra começou a sentir fome e, aproveitando que estava enrolada na corda do sino, começou a fazer com que ele badalasse dia e noite sem parar. Não parava nunca de fazer barulho. No início, as mulheres e crianças tentavam proteger os ouvidos, tapando-os com as mãos, mas logo perceberam que não adiantava. Era terrível, uma verdadeira tortura.

— Foi aí que aconteceu uma tragédia — disse o velho.

— O quê? — interessou-se Potirava ainda mais.

— Uma das mães endoidou por causa do barulho e, no desespero, deu seu filho pra matar a fome da cobra.

Potirava não podia acreditar no que ouvia. Sabia que, em algumas tribos, bebês eram mortos porque seriam prenúncios de azar — gêmeos, por exemplo —, mas nunca ouvira dizer que uma mãe houvesse oferecido o próprio filho para uma cobra comer. Ficou imaginando que tipo de desespero seria aquele que levaria uma mãe a sacrificar a própria criança.

— A cobra aceitou a oferenda e todo o barulho cessou — completou o velho.

— Então elas puderam ficar morando ali em paz? — perguntou Potirava.

O velho explicou que a tranquilidade das mulheres durou

apenas dois dias. Após esse período, a cobra voltou a fazer barulho. O sino badalava dia e noite sem parar. Agora que havia descoberto um meio de se alimentar, não iria desistir dele para conseguir sua comida.

— E assim se passaram os dias — disse o velho. — A cobra comia sem parar e logo não restaria mais nenhum curumim.

— Que coisa terrível — lamentou Potirava.

— Só que, um dia, aconteceu uma coisa que mudou tudo.

— O quê? — perguntou Potirava.

— De tanto comer carne boa e macia, a cobra foi engordando, engordando e um dia explodiu. Toda a sua gordura, que era uma graxa muito preta, esparramou-se pela torre e ficou grudada ali durante muitos anos.

— Então, acabou o sofrimento de todas as mães — comemorou Potirava.

— Sim, meu filho — completou o velho. — Só que já era tarde demais. Todos os curumins já tinham sido oferecidos para matar a fome da cobra.

— Mas, então, nosso povo deveria ter acabado. Não deveria ter sobrado ninguém para contar a história. Quando a última índia tivesse morrido, tudo estaria terminado. Os homens haviam morrido na guerra, não havia mais crianças... — espantou-se Potirava.

— É verdade — prosseguiu o velho. — Mas a prova de que alguma coisa aconteceu é que eu estou aqui para lhe contar essa história. Nosso povo sobreviveu. Alguns guerreiros conseguiram escapar e continuaram uma vida modesta. Nunca mais nada foi igual à vida dos nossos antepassados.

— E o que foi que aconteceu? — quis saber Potirava.

— Uma índia de nome Juçara amava tanto seu filho que rezava para que não tivesse de entregá-lo para a cobra.

— Mas se todas as mães fizeram aquilo, elas não permitiriam que somente uma protegesse o filho.

— Mas ela conseguiu — disse o velho. — Ela ainda estava grávida. A criança só veio ao mundo depois que a cobra explodiu.

— Então, Juçara conseguiu salvar seu bebê!

— Conseguiu — disse o velho. — E o mais importante, não era uma criança comum. Era o filho de Sepé Tiaraju.

Não havia quem não conhecesse esse grande índio guarani. Foi ele o maior herói da luta dos índios e quem cunhou a frase ESTA TERRA TEM DONO, bradada por ele durante os conflitos com portugueses e espanhóis, e que ficou gravada na memória de todas as gerações seguintes.

— Então, Sepé teve um filho! — comemorou Potirava. — Isso é muito bom! Significa que toda a luta que ele teve não foi em vão... Mas, o que aconteceu com esse filho?

— Ele sobreviveu, cresceu, aprendeu a história de seu pai, da coragem de sua mãe, tornou-se um adulto forte e poderoso, que também teve outros filhos, que fizeram as suas famílias, todos carregando o sangue do grande herói nas veias.

— Mas, afinal de contas... — Potirava começou a tirar suas próprias conclusões. — Por que é que o senhor está me contando tudo isso? — perguntou, pressentindo que ouviria alguma coisa muito importante.

— Porque é você, meu filho, o eleito, o último a carregar o sangue de Sepé nas veias — concluiu o pajé.

Potirava tremeu. Parecia que uma grande responsabilidade lhe caía sobre as costas. Sentiu-se orgulhoso de seu passado, mas, ao mesmo tempo, temia conhecer o fim da história e tudo o que poderia lhe acontecer. Respirou fundo e pediu para o pajé lhe contar o final.

O aliado de duas faces

Quando Potirava levantou-se e voltou com o velho para atender os turistas, sentiu-se renovado. O sangue de um grande herói corria-lhe nas veias. Potirava passou o resto do dia pensando em tudo o que o pajé dissera. O contato com o homem branco fez com que seu povo mais perdesse do que ganhasse. Distanciaram-se de suas histórias, de seu passado. Os índios tiveram de se integrar no mundo dos brancos para poder sobreviver, lidar com uma língua estranha, hábitos, dinheiro e, o pior: as doenças que eles trouxeram. Uma simples gripe era capaz de matar populações inteiras. Tão distraído estava que nem percebeu a chegada de um conhecido junto de seus cestos.

— Olá — disse Tiago.

O índio se surpreendeu com a presença do rapaz. Ainda lembrava dele à porta de sua casa junto com seu Amadeu olhando-o desconfiado.

— Alguma notícia de Lígia? — Potirava pensou que finalmente teria alguma informação.

— Não — disse ele. — E é por isso mesmo que vim aqui.

"Que coisa estranha", pensou o índio.

— Se você veio aqui para me ameaçar, saiba que não sei onde Lígia está... — Potirava decidiu que não seria mais humilhado por ninguém. Se aquele garoto achava que ele iria aguentar desaforos, estava muito enganado. Já se sentia mal o suficiente com o desaparecimento da garota para ter de aturar desfeitas de quem nem sequer era parente dela.

— Calma, tchê! — disse Tiago, vendo que o índio estava muito zangado. — Eu acredito em você.

— Acredita por quê? — perguntou Potirava, desconfiado.

— Lígia gostava muito de você... — Tiago sentiu dificuldade em continuar — E você, dela. Não vejo por que você iria fazer alguma maldade.

Potirava se acalmou. Resolveu ouvir um pouco mais para saber das reais intenções do rapaz.

— E outra coisa: juntos, talvez possamos encontrá-la — continuou Tiago.

— Como? — interessou-se Potirava.

— Sabe — prosseguiu Tiago —, eu me desentendi com Lígia por sua causa. Ela estava muito brava comigo e eu fiquei com medo de que ela achasse que eu estaria fazendo alguma coisa para separar vocês dois.

— Ela me disse isso.

— Eu nunca contei nada para o pai dela sobre vocês dois. Resolvi me afastar porque se o seu Amadeu ficasse sabendo, ela iria pensar que fui eu que contei. Não queria que ela pensasse isso. Muita gente viu vocês por aí e poderia fazer fofoca — esclareceu Tiago. — Eu também gosto muito dela.

Potirava não se sentiu à vontade ao ouvir aquilo.

— Fiquei esperando que ela me ligasse, mas ela nunca ligou. Veja! — disse ele, mostrando o celular para Potirava. — Não existe nenhum recado, nem uma só tentativa de me ligar! — Potirava observou o moderno visor do celular do rapaz e não conseguiu realmente ver nada. Apenas brilhava o número do telefone de Tiago, que aliás era um número muito fácil de decorar, totalmente sequencial. — A última notícia que eu tive dela foi a pior possível — concluiu Tiago.

— Qual? — perguntou o índio.

— No dia em que ela sumiu, seu Amadeu me ligou perguntando se eu sabia onde ela estava. Ele ligou para todos os amigos dela! Eu disse que não sabia. Ele me contou o que havia acontecido naquela noite e eu fiquei muito preocupado. Sabia que Lígia andava muito triste com as atitudes do pai dela e...

— E o quê?

— Pelo o que eu conheço da Lígia, acho que ela não gostou nem um pouco de ver você sendo humilhado. Acho que foi a gota d'água.

Potirava se lembrou do ocorrido com um pouco de mágoa.

— Acho que ela decidiu fazer alguma coisa — completou Tiago.

— E o que ela poderia ter feito? — perguntou o índio

— Talvez ela tenha mesmo tentado te procurar.

— Ela me viu caminhando pela rua. Sabia para onde eu ia — respondeu Potirava.

— E ela conhecia o caminho, não conhecia?

— Bem... Ela sabia o ônibus que eu tomava para voltar para as Missões.

— Então, é isso! Ela deve ter tentado te seguir e se perdeu.

— Mas nenhum motorista se lembra dela — respondeu o índio.

Tiago recordou que seu Amadeu realmente já havia feito toda aquela investigação. A garota realmente sumira do mapa.

— Então, o que será que aconteceu? — perguntou Tiago.

— Não sei.

— E se a gente tentasse seguir os passos dela naquela noite? Poderíamos começar na casa dela e chegar até aqui. Quem sabe se eu e você juntos não descobrimos alguma coisa?

— Já tem um monte de gente fazendo isso — respondeu o índio, desolado. — E até agora ninguém achou nada.

— Mas você conhece bem esta região. Vai ser mais fácil de a gente achar.

Potirava achou que poderiam ter alguma chance. Se Lígia o seguira, era sua obrigação tentar encontrá-la.

— Eu quero muito ajudar. Ela é minha amiga — insistiu Tiago.

— Está certo — concordou Potirava. — Espere um pouco que vou guardar minhas coisas.

— Tudo bem — respondeu Tiago, vendo o índio se afastar. Quando percebeu que ele não mais o ouviria, pegou o celular e discou. — Alô, sim, aqui é o Tiago. Está dando tudo certo, ele acreditou em mim. Sim, pode deixar, está dentro do combinado. Fique tranquilo. Se ele estiver escondendo alguma coisa, eu vou descobrir — desligou o aparelho, certo de que Potirava sabia muito mais do que estava dizendo.

Uma terrível hipótese

A noite já começava a se aproximar quando os rapazes desceram do ônibus na frente da casa de Lígia. Tiago tivera de esperar que Potirava terminasse seu trabalho e ajudasse os outros índios a guardar os materiais. Só então, já no fim da tarde, puderam começar a pôr seu plano em prática: voltar para Santo Ângelo e reconstituir todos os passos de Lígia desde o seu desaparecimento.

Potirava sentia-se incomodado por estar naquele local novamente. Temia ser pego pelo seu Amadeu e começar uma nova briga.

— Então — começou Tiago. — O que aconteceu naquela noite?

Potirava lhe contou tudo até a briga.

— A última vez que eu vi Lígia... — começou ele — falei para ela entrar em casa para não piorar a situação com o pai. Depois fui embora.

— Como você foi embora? — perguntou Tiago.

— Subi esta rua até o ponto de ônibus.

— E a Lígia? Ela sabia o jeito que você costumava ir embora?

— Sim — confirmou o índio. — Várias vezes ela veio comigo até o ponto de ônibus.

— Então ela deve ter tentado te seguir e pode ser que ela tenha vindo pegar o ônibus por aqui.

— Acho que não — respondeu o índio. — Como já te disse antes, peguei o último ônibus daquele dia.

Tiago ficou pensativo.

— Bah! O que ela poderia ter feito? Caminhado?

— Não pode ser. É muito longe! — respondeu Potirava.

— Não vejo outro jeito dela ter te seguido. A estrada não é tão longe assim. Ela poderia ter ido até lá e pedido carona.

— Lígia não iria pedir carona para qualquer pessoa.

— Então ela caminhou mesmo, não tem outro jeito. Deve ter ido até a estrada e lá aconteceu alguma coisa. Só tem um jeito de saber — concluiu Tiago.

Fizeram o caminho até a estrada, que realmente não era muito longe e, logo que a encontraram, passaram a andar pelo acostamento.

— Pronto, até aqui ela poderia ter chegado mas, caminhar até as Missões... Acho impossível, é muito longe! — concluiu Potirava.

Tiago também considerava improvável que a garota tivesse andado tudo aquilo. Mesmo assim, continuaram pelo acostamento em busca de alguma pista.

Nunca Potirava viera tanto até a cidade. Sempre viveu muito mais em sua própria comunidade. Lígia lhe abriu um outro mundo, mostrando-lhe coisas novas. Fotos de vários lugares do Brasil em que ela havia morado.

Aos poucos, foi sentindo o medo e o preconceito das pessoas. Agora, com a revelação sobre Sepé e a pureza de seu sangue, Potirava compreendia o porquê de Paracatu não desejar aquele namoro. Ele não queria que o sangue de um herói se misturasse com o do povo que dizimou os índios. Potirava entendia o pensamento do velho pajé mas não o aceitava. Lígia, por sua vez, também enfrentava o mesmo preconceito por razões semelhantes.

Seria aquele um amor impossível?

Certamente não, porque ele já estava ali. As pessoas poderiam até desgostar, mas ninguém conseguiria impedir que aquele sentimento existisse.

Potirava conhecia as matas, muito da fauna e flora daquele local. Diziam que seu pai era capaz de reconhecer todas as aves e bichos da região. Infelizmente, ele não tivera tempo de passar para Potirava todo esse conhecimento. Mas, mesmo assim, o jovem índio sempre teve interesse e adquiriu muita informação.

— Acho melhor a gente voltar — disse Tiago. — Vai começar a escurecer.

— Vamos andar só mais um pouco — insistiu o índio, que sempre tinha esperança de, na próxima curva, encontrar alguma pista.

Tiago concordou. Também esperava que surgisse alguma

coisa. Os dois olhavam cuidadosamente pelo chão. Os automóveis que corriam pela estrada já acendiam seus faróis e as luzes deturpavam a visão de ambos por alguns instantes. Por segurança, os garotos passaram a caminhar rente à pequena mata, que se estendia ao longo da estrada, afastando-se da rodovia.

— Será que Lígia teria feito a mesma coisa? — perguntou Tiago.

— Espero que sim — respondeu o índio. — Costumam atropelar muita gente andando pela estrada à noite. Os motoristas não veem. Tem casos até de bois que cruzam a estrada e causam acidentes. Fora os animais silvestres.

— É verdade — concluiu Tiago. — Acho que ela tomaria cuidado.

Continuaram caminhando. Os faróis os distraíam, mas eis que, de repente, algo brilhou no chão, chamando a atenção de Potirava. Ele correu até o objeto e não acreditou no que viu. Sentiu alegria e, ao mesmo tempo, medo por não entender como aquilo fora parar ali.

— Meu Deus! — gritou Tiago, quando viu o que Potirava segurava. — Isso não é...

— ... a pulseira que eu dei para Lígia da primeira vez que a gente se viu!

— Então, ela passou mesmo por aqui! — impressionou-se Tiago. — Temos uma pista. Precisamos voltar para a cidade e dizer o que achamos.

— Não, não dá para perder tempo. Temos de continuar procurando por ela. Ela pode estar precisando de ajuda — empolgou-se Potirava, colocando a pulseira no pulso de seu braço esquerdo.

— Mas procurar onde, tchê? Está muito escuro agora. Não dá para ver nada!

— Eu acho que ela entrou no mato! — disse Potirava.

— Está maluco? — disse Tiago.

— Veja só! — disse o índio. — Estes galhos estão quebrados. Parece que alguém entrou por aqui — ele se aproximou dos galhos e notou que havia uma trilha recente.

— Bah, não acho que ela teria coragem de entrar aí — disse Tiago.

— E se alguém forçou? — argumentou o índio.

Tiago tremeu. Talvez pudesse ser mesmo isso.

— Já sei o que vou fazer! — disse Tiago. — Vou ligar para a cidade e pedir ajuda — dizendo isso, pegou o telefone, mas logo decepcionou-se. — Que droga, está sem sinal! Vamos ter de voltar para a cidade agora mesmo.

— Eu não volto, Tiago. Se quiser, pode voltar sozinho. Vou entrar aí agora. Já te disse, ela pode estar ferida, precisando de ajuda. Qualquer minuto é importante. Não vou mais perder tempo, se quiser vir, venha! — dizendo isso, o índio entrou na mata deixando Tiago para trás.

O garoto hesitou. Ainda podia ver Potirava entrando na mata, cuidadosamente, mas logo ele sumiria e Tiago não conseguiria segui-lo. Estava com medo, porém, respirou fundo e entrou na mata.

O dia em que a noite caiu

Tiago não tinha certeza se havia tomado a decisão correta. Embora soubesse que, se demorasse muito para voltar, seus pais iriam procurá-lo, estava com medo. Desconfiava de Potirava, achava que ele poderia ter feito alguma coisa com Lígia. Essa também era a opinião de seu Amadeu e, junto com ele, Tiago fizera um plano para se aproximar do índio e tentar descobrir alguma coisa. Achava que o índio teria levado Lígia para algum lugar e a mantinha como prisioneira. Sua desconfiança aumentou ainda mais quando Potirava encontrou a pulseira. Parecia que ele já conhecia aquele local. Talvez tivesse encenado toda aquela descoberta inesperada para se inocentar.

Quem sabe se Lígia não tivesse ido até ele para acabar com o namoro, como imaginava seu Amadeu, e ele fizera algo de muito ruim com ela? Talvez até a tivesse matado! Tiago preferia pensar que ele a enganara e apenas a mantinha prisioneira. Mas, por precaução, caso ele fosse mesmo um assassino, o rapaz seguia sempre atrás do índio.

Achou que estaria seguro com seu celular à mão. Sabia que poderia chamar seu Amadeu a qualquer momento e pedir ajuda, mas seu plano falhou porque ele não previu que poderia entrar em algum lugar onde o celular não funcionaria. A todo instante ele verificava o sinal e não aparecia nada.

— Achou mais alguma coisa? — perguntou Tiago.

— Silêncio! — gritou ele. — Temos de ficar quietos e de ouvidos atentos. Não fazer barulho. Se Lígia estiver por aqui, ela pode estar ferida, fraca e tentando chamar alguém.

Tiago ficou mais tranquilo quando a mata ficou menos fechada. Logo chegaram a uma planície, onde a vegetação não estava tão espessa.

— Isto é uma loucura. A gente precisa de ajuda — disse ele.

Potirava sabia que o rapaz tinha razão. Se a garota estivesse perdida por ali, os dois sozinhos não teriam como encontrá-la. De qualquer forma, ficou feliz quando achou a pulseira, que agora estava em seu pulso. Jurou que só a tiraria para devolver para a garota pessoalmente.

Tiago não se cansava de olhar para o celular. Andava de um lado para o outro procurando um sinal, mas nada dava certo. Sua vista acostumou-se um pouco com a escuridão. O céu estava límpido, viam-se bem as estrelas. Não havia Lua. Mantinha-se atento, tinha sempre o vulto do índio em mira. A situação parecia ser muito perigosa e, como se já não bastasse aquela sensação ruim, notou que o índio começou a agir de forma diferente.

Potirava olhava para o céu como se procurasse alguma coisa. Tiago achou estranho porque poderiam ter acontecido muitas coisas com Lígia, exceto sua subida aos céus. De repente, o índio começou a correr pelo campo. Tiago novamente sentiu medo. Não queria ficar sozinho ali, não sabia como voltar para a estrada e poderia se perder na mata.

Pensou então que talvez fosse exatamente isso o que o índio queria. Resolveu mudar sua estratégia e correu para perto de Potirava; não o deixaria só.

— O que você está fazendo? — perguntou Tiago, ao alcançá-lo. — Por que está correndo pelo campo?

— Eu não estou correndo — respondeu ele. — Estou tentando encontrar uma coisa

— Encontrar o quê? Nesta escuridão você não vai achar nada!

— Aí que você se engana. Se eu encontrar o que eu quero, talvez seja a solução de nossos problemas.

Tiago não estava entendendo nada.

— Então me diga o que você está procurando que eu te ajudo, assim saímos daqui logo.

— Você não vai conseguir encontrar — respondeu o índio.

— Por que não?

— Tiago, você acredita em lendas? — perguntou Potirava, parando um momento com sua procura.

— Lendas, bah? — o rapaz rememorou todas as lendas que conhecia: a do Saci, da Iara, do Negrinho do Pastoreio, do Boitatá e não achava que pudesse acreditar nelas. — Lendas são lendas. Acho que não acredito, não.

— Então você não vai poder me ajudar — disse Potirava.

— Por que não?

— O que você pensa que são lendas nem sempre são somente lendas. As indígenas, por exemplo, são a história do meu povo e existiam muito antes de vocês, brancos, chegarem à América e decidir que tudo o que havia por aqui era de vocês.

— Você não vai me dar uma aula de História agora. O que é que tem o fato de eu acreditar ou não em lendas com o sumiço da Lígia?

— Talvez a gente possa conseguir ajuda através delas — disse o índio. — Bem, você não precisa acreditar em nada. Apenas sente e não me atrapalhe.

O rapaz obedeceu. Não havia mesmo nada que pudesse fazer. Potirava não queria perder tempo com Tiago. Além de ele não acreditar em nada, não iria mesmo poder ajudá-lo.

Quando Potirava olhou para o céu e viu o Cruzeiro do Sul, lembrou-se das palavras do pajé. Sepé Tiaraju falecera em uma batalha em um descampado como aquele. Após sua morte, seu cavalo fugiu, perdendo uma ferradura. Quando Sepé morreu, golpeado na cabeça, surgiu-lhe uma ferida em forma de lua. Desta lua acabaram saindo as estrelas que formaram o Cruzeiro do Sul, que é uma constelação das mais importantes que existem.

Segundo o pajé, quando estiveram conversando dentro das ruínas, se alguém encontrasse a ferradura perdida, poderia chamar o cavalo de Sepé, que, por sua vez, levaria a pessoa até a presença do grande herói. Mas esse alguém deveria ser descendente do índio guerreiro. Então, numa noite sem Lua, quando todas as estrelas estivessem visíveis, e principalmente o Cruzeiro do Sul, deveria o descendente achar a ferradura para fazer o contato.

Potirava agora sabia que ele poderia encontrar a ferradura. E também aprendeu o segredo para fazê-la surgir. Bastava deixar cair uma gota de seu sangue no campo em que Sepé morrera, e a ferradura refletiria o brilho do Cruzeiro do Sul, revelando seu local.

Chegara o momento de Potirava encontrar seus antepassados. Talvez eles soubessem do paradeiro de Lígia. Se Sepé tivesse morrido naquele campo, o plano de Potirava daria certo. O índio pegou um canivete que tinha no bolso e levou-o até sua mão.

Tiago se assustou, preparou-se para fugir ao ver o índio retirar alguma coisa do bolso. Embora não pudesse ver o que era, mantinha-se precavido. Potirava cortou o dedo e levou sua mão ferida até a terra. Novamente aquele chão manchou-se com o sagrado sangue guarani. Potirava se ergueu e esperou para ver o que acontecia.

Olhou para o céu e, de repente, as estrelas do Cruzeiro ficaram vivas, com a luz mais intensa. Pareciam vir até a terra. E vinham mesmo. Tiago levou um susto, pensou que as estrelas estivessem caindo do céu. O brilho do Cruzeiro do Sul concentrou-se e pareceu focar um local no chão. Potirava correu até o ponto indicado e viu, surgindo da terra, uma ferradura prateada.

Tiago ficou paralisado, a luz incomodava seus olhos. Apenas percebeu, de relance, o índio correr em direção àquela forte luz sem se queimar.

Potirava sorriu, a luz não lhe fazia mal. Ao pegar a ferradura, o brilho do Cruzeiro do Sul se normalizou, voltando para o céu. O rapaz observou a ferradura em suas mãos. Estava intacta; parecia ter sido fundida naquele mesmo momento.

Ao sentir que a luz havia sumido, Tiago abriu os olhos lentamente. Aliviou-se ao notar que tudo voltara a ficar escuro. Potirava surgiu diante dele segurando um objeto que o rapaz não conseguia identificar.

— O que... o que foi aquilo que aconteceu? — perguntou Tiago.

— Eu achei, achei a ferradura!

Tiago estava perplexo. O índio nem parecia ter notado o brilho de toda aquela luz. Estava feliz apenas por ter encontrado uma ferradura velha.

— Você... Você... Viu aquela luz? O que foi aquilo, parecia que o céu ia cair em cima da gente!

Quando Potirava ia começar a responder, Tiago achou outra coisa para se preocupar. Não podia acreditar no que via. Ficou aterrorizado. Desejava sumir dali imediatamente. Agora tinha certeza de que havia cometido um grande erro, talvez o último da sua vida.

A viagem no cavalo de luz

Tiago não acreditava no que via. Ao longe, pelo campo, vinha em sua direção, em alta velocidade, uma grande bola de fogo que brilhava muito. O garoto queria correr, esconder-se o mais rápido possível, mas faltaram-lhe as pernas.

— Meu Deus, o que é aquilo?! — gritou ele.

Potirava parecia tão assustado quanto o jovem. Aquela luz ia causar algum estrago muito grande.

Tiago olhou para a ferradura que estava na mão de Potirava e que também estava brilhando:

— Mas o que é isso que está na sua mão? Jogue fora. Aquela coisa está vindo na nossa direção por causa disso aí, só pode ser! — Tiago agarrou as mãos do índio e, numa luta, tomou a ferradura dele. Imediatamente a ferradura se apagou. — Eu sabia! Veja, a coisa sumiu também! — comemorou ele.

— Me devolva! — gritou Potirava. Bastou que ele tocasse na ferradura para que ela voltasse a brilhar, trazendo novamente a bola de fogo.

Estava muito próxima. Começava a tomar outra forma, a de um animal, agora via-se muito bem, era um cavalo.

Tiago se afastou do índio e observou, ao longe, a cena acontecer. Não tinha coragem de se aproximar.

Potirava não sentia medo. Lembrou-se das lendas e das histórias do pajé. O cavalo vinha atrás de sua ferradura, perdida há tanto tempo. Só mesmo um descendente de Sepé conseguiria devolvê-la. Sangue por sangue. O cavalo se aproximou do índio, que estendeu a mão para tocá-lo.

Era como se tentasse pegar algo solto no ar, uma imagem. Sua crina se movia, quase se podia sentir o ar quente de sua respiração. Potirava deu a volta ao redor do animal e viu que, em uma de suas patas, faltava mesmo uma ferradura. Ergueu aquela pata e, levemente, encostou a ferradura em seu casco. Esta, como num passe de mágica, fixou-se fortemente.

O cavalo agora estava parado, parecia aguardar por alguma ordem. Potirava continuou a acariciá-lo. Então, de repente, o animal relinchou, batendo os cascos da perna traseira no chão. Virou a cabeça e começou a empurrar Potirava lentamente. Parecia que queria lhe dizer alguma coisa.

O rapaz, então, tomou um impulso e logo montou no cavalo, que se acalmou imediatamente. Mas, depois disso, Potirava não via meios para controlá-lo. O animal apenas deu um pinote e saiu correndo para a mesma direção de onde tinha vindo.

Potirava segurou-se firme e ainda conseguiu ver Tiago surgindo de seu esconderijo. O garoto entrou em pânico. Nem em seus sonhos mais malucos imaginou uma situação como aquela: à noite, correndo atrás de um índio montado em um cavalo-fantasma; pelo menos era isso que o animal parecia. Tiago não sabia o que lhe causava mais medo: ficar ali sozinho no escuro, no meio do nada, ou correr atrás do animal como começara a fazer.

— Ei, volte aqui! — gritava ele, enquanto corria tropeçando no campo escuro. — Parem! — Nada disso adiantou. Tiago ficou sozinho observando o ponto de luz sumir velozmente no horizonte.

Potirava sentia o vento batendo em seu rosto. Parecia flutuar. Era o cavalo de Sepé que, por séculos, ficou vagando pelos campos, procurando a ferradura, tentando se completar. Mas Sepé estava morto, não havia sangue para terminar aquilo. Potirava relembrava partes da história que o pajé lhe contou dentro das Missões. Nunca nenhum outro descendente de Sepé teve necessidade de encontrar seus ancestrais porque nunca os deuses julgaram que os guaranis corressem perigo. Um legítimo guarani, descendente de um grande herói, não poderia se unir a alguém do povo que os dizimou no passado.

Durante algum tempo, Potirava só conseguia olhar o que vinha à sua frente, tinha medo de cair, mas aos poucos foi sentindo confiança e relaxou. Em breve, percebeu que o cavalo já não brilhava tanto e, assim, ele podia enxergar as coisas ao seu redor. Até a noite pareceu clarear. A paisagem ao seu redor começou a tomar forma. Viu árvores, gado, outros cavalos. Também surgiram estranhas construções que ele nunca vira antes naquela região.

Pela primeira vez pensou: "Para onde este cavalo está me levando?".

Logo começaram a surgir índios como ele. Pessoas trabalhavam, mulheres carregavam grandes cestos com folhas que pareciam ser de erva-mate. Ao redor delas, várias crianças. Índios carregavam caça. Ouviu vozes de crianças cantando. Logo mais à frente, conseguiu ver outros esculpindo grandes blocos de madeira. Alguns arrastavam pedras.

Ouviu um sino.

O cavalo começou a diminuir a velocidade.

— Para onde você está me levando, meu amigo? — cochichou Potirava carinhosamente no ouvido do cavalo.

Potirava então teve uma visão impressionante. Logo à sua frente, surgiu imponente, cheia de vida, a Catedral de São Miguel das Missões. Nova, como ele nunca havia visto antes. Não estava destruída, os santos estavam em seus nichos, os sinos badalavam calmamente na torre. Ao redor das Missões, havia várias construções: à frente da igreja e em volta dela, viam-se muitas casas. Diante da catedral ainda havia um grande pátio e, lateralmente, várias oficinas onde os índios estudavam e trabalhavam.

O cavalo parou finalmente diante da entrada da igreja e Potirava apeou. O animal pôs-se de lado e o jovem surpreendeu-se ao ver-se cercado de muitos índios guaranis, como ele. Nem sabia que seria possível haver tantos por ali. Pareciam felizes em vê-lo. Queria conversar, saber quem eram, mas eles só sorriam, apontavam.

Então, saindo da Catedral, surgiu ele, o grande homem em pessoa. Ninguém precisaria lhe dizer porque, ao ver aquele imponente guerreiro, Potirava não teve dúvida: estava diante de Sepé, o grande Sepé Tiaraju, herói de seu povo.

O fogo que nunca queima

Potirava não podia acreditar no que via. Estava na frente de Sepé, seu ancestral. Olhou para as outras pessoas e notou que todas estavam altivas. O jovem sentiu-se intimidado. Perguntou-se, pela primeira vez, o que estaria fazendo ali. Teria morrido, estaria no meio de fantasmas? Por que as conhecidas ruínas estavam intactas à sua frente?

Seria um sonho? Não se lembrava de ter dormido; sua última impressão do que deveria ter sido o mundo real era a de estar com Tiago no meio da mata; aliás, se perguntou: o que teria acontecido com ele?

Mas isso não era importante agora. Estava muito confuso, com medo. Poderia ser um castigo! O pajé bem que lhe avisou que os deuses não queriam que ele se envolvesse com Lígia.

— Bem-vindo, filho dos meus filhos — disse Sepé, com voz forte e soberana. — Em tuas veias corre nosso sangue, do povo guarani. Você é um forte, aquele que resiste! — continuou ele.

Potirava não sabia o que responder.

— Venha comigo, não tenha medo. Você está entre seu povo agora. — Dizendo isso, Sepé estendeu a mão para o rapaz.

O jovem índio segurou a mão do guerreiro e repetiu-se a sensação que teve com o cavalo: parecia não haver nada ali, só uma luz, mas Potirava sentia tudo: o calor da mão de Sepé e até sua pulsação. Novamente o cavalo apareceu e ambos o montaram. Cavalgaram tranquilos pela Redução enquanto Sepé falava calmamente:

— Vivemos aqui durante anos. Fomos uma grande nação, muito antes dos invasores chegarem!

— Quais invasores? — perguntou Potirava, sem saber sequer se deveria dizer alguma coisa.

— O homem branco. Vieram com seus deuses, suas doenças. Mudaram nossas vidas. Éramos felizes. A terra dava tudo; se não desse, a gente mudava para outro lugar mais fértil e a vida continuava. Capturaram nosso povo e nos transformaram em escravos.

Potirava acompanhava atentamente as palavras de Sepé.

— Vieram padres jesuítas que pensavam que nossa vida era errada. Aceitar a proteção que eles nos ofereceram foi a única maneira que encontramos para sobreviver.

— E não foi bom ficar protegido? — perguntou Potirava.

— A proteção não vale a nossa liberdade. E foi a primeira coisa que nos tomaram. Nosso povo construiu muita coisa. Todo este espaço, a catedral. E o que nós recebemos em troca? Mais escravidão e morte. Um dia decidiram que não podíamos ficar mais nesta terra, que deveríamos ir embora deixando tudo isto que construímos.

— Mas vocês se recusaram! Vocês lutaram! — animou-se Potirava.

— Sim. Lutamos pelo que nos era mais precioso: nossa honra e liberdade. Mas fomos todos mortos. A força do outro era muito grande e eles queriam essas terras a todo custo.

— Você se transformou num herói!

— Potirava — disse Sepé —, eu não sou herói. Todos nós somos. Quem aqui morreu lutando ficará para sempre para proteger nossa terra, nossa cultura, nosso povo. Enquanto existir um só guarani, nossa luta não terá sido em vão.

— Mas todos pensam que o senhor é um herói: os índios, os gaúchos...

— Hoje me tomam por um herói, mas quem me tornou um

herói foi o mesmo povo que me julgou inimigo. Eu lutei contra eles, teria matado todos os portugueses e espanhóis que pudesse para ficar nesta terra. Então, não posso ser um herói para o homem branco.

— Você é um herói porque resistiu na defesa de sua terra. É isso que o povo diz — insistiu Potirava. — Sua alma se espalhou por todo o Rio Grande do Sul. Cada um de nós tem um pouco de Sepé, sua força, sua coragem — Sepé calou-se. Potirava ficou com medo de ter dito alguma coisa errada. — O mundo mudou, Sepé — continuou timidamente o jovem índio. — Muita coisa foi destruída, assim como esta catedral. Hoje ela é só uma ruína, mas estas pedras ainda têm importância, são patrimônio da humanidade, um símbolo de vitória para todas as pessoas. Sua luta não foi em vão... — Potirava fez uma pausa para, então, dizer a que tinha vindo: —Sepé, eu vim aqui para lhe pedir uma coisa.

Sepé ergueu os olhos na direção do rapaz.

— Você sabe onde Lígia está? — inquietou-se Potirava.

— Potirava, me entenda — disse Sepé. — Não foi por vontade minha que você veio até aqui. Foi Tupã que quis. Ele deseja que eu te transmita outra vez a mensagem que o pajé já lhe deu. Você é sangue do meu sangue, meu último descendente. Olhe para este povo — Potirava olhou para todo mundo. — Eles contam com você para que a nossa memória não se perca.

— Eu amo nosso povo, nada vai acontecer a ele — respondeu Potirava.

— Então você tem de esquecer a menina branca. Tupã não quer que você fique com ela.

Potirava sentiu-se amedrontado. Será que ele seria assim tão importante que o próprio deus Tupã perderia tempo com ele, para impedi-lo de levar sua vida?

— A menina branca — insistiu Potirava. — Onde ela está? O que aconteceu com ela?

— Ela entrou em lugar proibido. Ela se perdeu para o fogo que nunca queima.

— Fogo que nunca queima? — perguntou Potirava. — O que é isso?

— Não se preocupe com ela — repetiu o guerreiro. — Ela terá um destino tranquilo.

— Mas, Sepé — insistiu Potirava —, ela não tem culpa de nada!

— Calma — pediu Sepé. — Seu caminho agora está livre para você voltar para seu povo.

— Mas eu quero encontrar Lígia. Eu gosto dela.

Ao ouvir isso, Sepé saltou do cavalo e este saiu em disparada pelo campo. Potirava também tentou pular, mas não conseguiu. Desta vez, estava preso ao animal, que galopava com muita velocidade. O rapaz já não via mais nada ao redor. Fechou os olhos e a única coisa que lhe vinha à cabeça era que Lígia estava correndo um grande perigo. Precisava descobrir o que era o fogo que nunca queima.

O pájé revela um segredo

Quando Potirava acordou, já era dia. Sentia-se cansado. Acordou com a impressão de que tivera um sonho estranho: perdeu-se no mato, cavalgou em um animal brilhante e, o mais maluco de tudo: conversou com Sepé Tiaraju.

Tudo isso com o objetivo de encontrar Lígia. Entretanto, havia um problema: quando o rapaz abriu os olhos, reconheceu o ambiente que o cercava. Estava no meio das ruínas das Missões de São Miguel. Então, não fora mesmo um sonho. Como poderia ter chegado até ali? Não havia caminhado tanto.

E Tiago, o que teria acontecido com ele? Preocupou-se em saber que o garoto poderia estar perdido na mata. Precisava tentar falar com ele. Não queria pô-lo em perigo, mas também não poderia imaginar que tudo aquilo fosse acontecer.

Ao ver-se no meio das Missões, imaginou se, naquele momento, Sepé estaria olhando para ele junto com todos os antigos habitantes. Sentia-se também injustiçado. Toda aquela aventura tinha sido *para nada*. Não conseguiu fazer Sepé entender que o fato de amar Lígia não o fazia amar menos o seu povo. Eram coisas separadas, diferentes.

Confuso, levantou-se e caminhou em direção ao restaurante. Queria ligar imediatamente para Tiago. Rememorou o número sequencial do telefone do garoto e fez a ligação. Não deu sinal, acabou caindo na caixa de mensagens:

— Oi, aqui é o Tiago. Deixe sua mensagem que eu te acho! — Potirava terminou de ouvir esta gravação e falou:

— Tiago! Estou preocupado com você. Ainda não sei explicar o que aconteceu ontem. Estou nas Missões. Não quis te deixar sozinho. Vou tentar te achar. Se você ouvir esta gravação, saiba que eu estou indo à sua procura. Não se assuste.

O jovem índio desligou o telefone e pensou se deveria ligar para a polícia. Achou melhor não. Já pensavam que ele havia sumido com Lígia, não gostaria que pensassem que ele estaria dando um sumiço em todos os amigos da garota. Voltaria à mata e tentaria achá-lo. Se não tivesse sucesso, chamaria a polícia. O único grande perigo seria encontrar alguma cobra; no mais, Tiago teria passado somente frio, fome e sentido muito medo. Com esse pensamento, Potirava dirigiu-se à estrada, quando foi interrompido por uma voz conhecida.

— Espero que tenham te mostrado o caminho certo ontem à noite.

Potirava virou-se e deu de cara com o pajé, que parecia ter ficado à espreita o tempo todo.

— Os espíritos me contaram que falaram com você. Isso não é comum — comentou o pajé. — Você tem mesmo o dom e o poder de liderar todo o nosso povo.

— Que poder tenho eu se não consigo nem achar uma pessoa que se perdeu? — respondeu Potirava.

— Esqueça essa pessoa — disse o velho índio. — Ela não pode te fazer nenhum bem.

Potirava olhou para Paracatu cheio de esperança, lembrando-se da conversa que teve com Sepé: talvez ele pudesse ajudá-lo.

— O senhor sabe onde Lígia está? Por favor, me diga!

O índio encarou-o com tristeza.

— Eu queria muito que você entendesse — prosseguiu o pajé. — Ela não tem lugar na sua vida.

Potirava insistiu.

— O que é o fogo que nunca queima?

O velho encarou-o com incredulidade.

— Quem te falou disso? Foram os espíritos?

— Foi o próprio Sepé, em pessoa! — respondeu-lhe.

O velho começou a se afastar de Potirava. Este não se conformou, foi em direção do velho índio, que não o encarava.

— Me diga! — insistiu Potirava. — Se o senhor sabe onde Lígia está, tem de me dizer. Ela não tem culpa de nada, não pode pagar por um erro que não cometeu.

— Nada mais pode ser feito por ela, meu filho — disse o pajé.

— Como não?— insistiu Potirava.

— Ela foi capturada. Agora está presa na mata para sempre. Ninguém poderá salvá-la.

— Capturada? — impressionou-se Potirava. — Capturada por quem?

— Pelo fogo que nunca queima! — disse o velho. — Ela foi capturada pelo Curupira.

A decisão está tomada!

O velho pajé nunca praticara o mal. Sabia que suas forças diminuíam a cada dia e se preocupava com o legado de seu povo. Todos já haviam sido muito influenciados pelo modo de vida moderno. As coisas tinham mudado mais rapidamente em trinta anos do que nos últimos trezentos. As tradições se perderam, a língua não era mais falada.

Viviam agora dentro de outra nação. O Brasil absorvera os índios, com sucesso em alguns casos, mas não em outros. O fato é que cada vez estavam mais deslocados: haviam perdido suas terras e o trabalho que realizavam não era mais suficiente para mantê-los vivos como tinham sido para seus ancestrais.

Potirava era perfeito para preservar a memória de seu povo: jovem, com toda a vida pela frente, poderia gerar uma legítima família guarani. O pajé sabia o que estava em risco: as danças, as músicas, os costumes. O homem branco não mais percebia o quanto a vida indígena estava entranhada na formação do Brasil. Da língua indígena foram tirados nomes de rios e de cidades. Hábitos, alimentos e bebidas, como a mandioca e o mate, vieram dos índios.

Potirava não entendeu com clareza quando o pajé lhe disse que Lígia havia sido capturada pelo Curupira. Há muitos anos o jovem não ouvia falar daquele ser; até já havia se esquecido de suas ações.

— Mas o Curupira sumiu. Nunca mais se ouviu falar dele — argumentou Potirava com o pajé.

— Ele nunca saiu daqui — respondeu o pajé, para espanto de Potirava. — O Curupira vivia nestas terras muito antes de o homem branco chegar. Já pelejava com nosso povo, protegendo as matas e os animais. Coitado de quem quisesse desafiá-lo.

— Mas por que Lígia? Ela jamais iria desafiar o Curupira, acho que ela nem acredita nele! O senhor sabe onde ela está? Por favor, me diga! — implorou Potirava.

— Já lhe disse — respondeu o pajé. — Está na mata. Talvez nem esteja mais... — O pajé se lembrava das velhas histórias e sabia que o Curupira costumava matar moças jovens na floresta. Não desejava o mal de Lígia, mas aquilo não dependia dele. — Foi desejo dos deuses, meu filho. Não há nada que possa ser feito. Ir atrás do Curupira pode colocar em risco sua vida.

— Não posso deixar isso ficar assim — insistiu o jovem índio.

— Ah, aí está você!

Potirava estranhou aquela interrupção em sua conversa com o pajé, mas, ao mesmo tempo, sentiu um alívio profundo ao reconhecer o som daquela voz. Virou-se e viu Tiago.

— Eu recebi seu recado — continuou o garoto. — Pelo jeito você não precisa mais me procurar.

O pajé aproveitou o momento e retirou-se. Tiago estava ansioso para falar com o índio, não havia esquecido dos momentos de terror na mata. Depois que Potirava sumira daquela maneira, Tiago ficou apavorado. Como não podia ficar parado por ali, resolveu caminhar procurando alguma saída. Ficou com medo de voltar sozinho pela picada que fizeram e resolveu continuar caminhando pelo campo, onde havia menos obstáculos. Imaginou que logo encontraria alguma plantação e, consequentemente, alguma casa. Seu único consolo era saber que não havia se distanciado muito da cidade. Prosseguiu e logo deu de cara com uma grande plantação. De minuto em minuto consultava o celular. Não havia sinal.

De repente, algo lhe chamou a atenção. Ouviu ruídos, sons. Apurou os ouvidos e os reconheceu como sendo a passagem rápida de automóveis. Deveria estar perto da estrada. Ficou em silêncio esperando os próximos sons e, logo que os identificou, começou a segui-los. Criou coragem e entrou na mata, quebrando galhos e cuidando para não pisar em falso. Deu certo, chegou à rodovia. Ficou muito feliz. Estava sujo, rasgado, com fome, mas sem medo. Sentiu-se seguro por estar longe do local de onde Potirava havia desaparecido.

Continuou caminhando e logo seu celular apresentou um sinal muito fraco. Tentou uma ligação várias vezes e, finalmente, conseguiu completá-la. Do outro lado da linha, uma voz ansiosa o atendeu.

— Descobriu alguma coisa? — perguntou seu Amadeu.

— O senhor não vai acreditar no que eu vi — respondeu Tiago. — Por favor, venha me buscar.

Tiago estava muito cansado. Deu algumas indicações para seu Amadeu, que logo se pôs a caminho para procurá-lo ao longo da estrada. Em seguida, Tiago ligou para os pais e avisou que estava na casa de amigos e que demoraria a chegar.

Vez por outra, quando Tiago encontrava algum ponto de referência, ligava de volta para seu Amadeu, que também saíra com o celular, para dar sua localização. Enfim, o rapaz foi encontrado. Seu Amadeu estivera aflito. Ainda no carro, Tiago teve de contar tudo o que aconteceu. Ao chegar à casa do homem, tomou um rápido banho, comeu alguma coisa e narrou sua história.

— Você quer que eu acredite nisso? — irritou-se seu Amadeu. — Você me fez esperar todo esse tempo para me dizer que aquele desocupado saiu cavalgando um cavalo-fantasma?! Você pensa que eu sou burro, moleque?

Tiago não sabia o que fazer. O homem estava em desespero.

— Eu quero achar minha filha! Não quero ouvir essa bobagem de lendas. Você encontrou mesmo o índio? — o homem achou que Tiago tinha inventado aquela história para enganá-lo.

— Claro que sim, seu Amadeu. Não estou mentindo.

— E onde está o índio agora?

— Não sei. Já lhe disse, bah! Ele sumiu na campina.

O homem ficou impaciente. Não confiava mais em Tiago. Talvez ele estivesse inventando aquela história para proteger o índio, ou encontrara Lígia e ela lhe pedira segredo por estar com medo de voltar para casa.

— Tiago — disse seu Amadeu —, pode ir embora agora. Esqueça essa história. Deixe tudo comigo. Se tiver alguma notícia, pode dizer para Lígia que não precisa ter medo de voltar para casa. Ela não vai ser castigada, só quero que ela volte.

— Mas eu não sei onde ela está! — Tiago não entendeu muito bem a mudança de atitude do homem. Pareceu-lhe que ele o considerava agora um inimigo. Mas era mesmo difícil acreditar naquela história.

Saiu da casa de seu Amadeu e foi direto para a sua. A mãe não iria gostar de ver sua roupa naquele estado, mas aquele era o menor problema que ele tinha. Queria muito encontrar-se com Potirava, mas não sabia o que fazer. Entrou, foi direto para o quarto e deitou em sua cama, somente para pôr os pensamentos em ordem, mas acabou dormindo profundamente.

No dia seguinte, acordou muito cedo, ligou o celular e surpreendeu-se com a mensagem de Potirava. Resolveu ir para as Missões em busca do índio; achou que ele talvez estivesse por lá, já que se lembrava de que o cavalo parecia ter tomado aquela direção. Tiago tomou o primeiro ônibus e logo estava nas Ruínas. Havia pouca gente para pegar o ônibus naquele momento, e ele praticamente não fez nenhuma parada. Ficou feliz com a velocidade do transporte, ainda mais quando viu Potirava ao longe conversando com o pajé. Correu ao encontro dele para saber o que tinha acontecido na noite anterior.

— E então, encontrou Lígia? — perguntou ele para o índio. Potirava olhou-o com alívio e alegria. Tiago contou-lhe rapidamente como havia saído da mata, omitindo seu encontro posterior com seu Amadeu. — O que foi que aconteceu com você? Para onde você foi com aquele cavalo?

Potirava sentiu que o jovem poderia ser um aliado. Lígia gostava dele, tivera-o como um bom amigo e, afinal, ele o havia procurado oferecendo ajuda. No mais, Tiago presenciara toda aquela cena e sabia que ele não estava mentindo. Se o índio contasse para os guardas o que tinha visto e que a garota estava presa pelo Curupira, talvez o prendessem e o colocassem em um hospício. Tiago, porém, tinha bons motivos para saber que ele não estava mentindo. O pajé já lhe dissera que não lhe daria informações e Tiago tornou-se a única pessoa que poderia ajudá-lo. O índio sentia-se perdido, triste.

— E então, vai me contar ou não? — insistiu Tiago.

O fato é que não havia muito tempo, talvez não houvesse mais nenhum e por isso Potirava precisava tomar uma decisão.

Uma informação muito importante

Potirava sabia que talvez não houvesse muito tempo para fazer alguma coisa por Lígia. Raramente vira o pajé daquele jeito. Quando ele se negava a prestar ajuda, ou era porque não havia mais solução ou não era a vontade de Tupã. Como agora!

Potirava queria agir rápido. Decidiu, portanto, pedir a ajuda de Tiago. Precisava de informações sobre o Curupira .

— O quê?! — espantou-se Tiago. — Lígia foi capturada pelo Curupira?!

Potirava já esperava por aquela reação.

— Isso mesmo, por mais difícil que seja de acreditar — respondeu o índio.

— Bah! Você só pode estar de brincadeira! — ironizou Tiago.

— Não, não estou. Quem me disse isso foi o próprio Sepé Tiaraju.

Tiago ouviu toda a história do índio. De como ele montara no cavalo brilhante, de seu encontro com Sepé e, finalmente, o Curupira.

Seria muito difícil acreditar naquilo tudo, não tivesse Tiago visto com os próprios olhos o índio sumir no campo com o cavalo brilhante.

— Temos de ser rápidos, Tiago — disse Potirava.

— E o que nós podemos fazer? — perguntou o rapaz.

Potirava lembrou-se do celular de Tiago. Pela internet talvez conseguissem descobrir alguma coisa nova.

— Você precisa procurar alguma informação do Curupira neste teu telefone. Lígia me falou que você consegue fazer tudo com ele.

Tiago imediatamente conectou-se à rede com seu celular. A imagem não era muito grande, mas dava para fazer uma pesquisa rápida. Foi atrás de vários *sites* e logo achou uma informação que interessava. Após percorrer uma porção de *links*, caiu na página de Câmara Cascudo, um dos maiores pesquisadores de folclore que o Brasil já teve.

Começaram a ler e descobriram várias coisas.

— Olha — disse Tiago —, um desenho do Curupira.

Potirava entendeu por que ele era chamado de "fogo que nunca queima". Seus longos cabelos ficavam espetados para cima e eram da cor do fogo, pareciam uma pequena chama pronta para queimar tudo. Seus pés eram virados para trás para confundir os caçadores. Ele vivia ainda montado em uma espécie de porco, que a legenda da figura identificava como sendo um queixada, uma espécie de porco selvagem com duas presas salientes. Os grandes prazeres de sua vida eram beber pinga e fumar. Oferecer esses produtos a ele garantia que se andasse na mata com segurança.

— Ele é o deus que protege as matas e os animais, mas isso eu já sabia — leu Potirava. — O que mais tem aí?

Tiago procurou outras informações.

— O Curupira faz com que as pessoas se percam no meio da mata. Então foi isso que ele fez com Lígia! — concluiu Tiago. — Ele deve tê-la atraído e fez com que ela se perdesse.

— Veja só isto! — Potirava foi lendo a história e ficou cada vez mais assustado. O que o pajé havia dito era verdade. O Curupira realmente costumava matar e devorar pessoas, principalmente jovens mulheres.

— Então ele pode mesmo já ter matado Lígia! — disse Tiago.

— Sim. Esse é o meu maior medo.

— Então, não podemos mais perder tempo. Temos de ir atrás dele.

Tiago já estava pronto para desligar o celular quando Potirava viu outra história que lhe chamou a atenção: "Os deuses dos índios".

Começou a ler e não podia acreditar. Era incrível como as informações saltavam aos seus olhos. Afinal, seria bom se pudesse mostrar para Sepé tudo aquilo. Havia outras pessoas que se preocupavam com o passado dos índios, em preservá-lo. Estava ali, na internet, em várias línguas, para quem quisesse ler. Potirava leu até o fim aquela história, que guardava uma informação muito importante e que poderia lhe ser útil no futuro.

— Nossa sorte é que parece que o Curupira não é muito esperto. Leia esta outra história — indicou Tiago.

O Curupira era muito crédulo. Certa vez um homem se perdeu na mata e o Curupira prometeu salvá-lo se ele lhe desse um pedaço da sua própria carne para ele comer. O homem aceitou a oferta porque pretendia enganar o espírito da mata. Quando o Curupira pediu a mão do homem para comer, este cortou a mão de um macaco que acabara de matar e entregou-a. Depois o pé, o braço e assim foi, até o Curupira pedir o coração do homem para comer. O homem, então, pondo seu plano em prática, disse que também sentia fome e que queria comer o coração do Curupira em troca do seu. O ser, então, pegou uma faca e enterrou no próprio peito, morrendo imediatamente. O homem, satisfeito com sua artimanha, foi embora. Aquele teria sido o fim do Curupira não fosse a ganância do homem, que, após algum tempo, voltou para o lugar onde o ser morrera para lhe retirar os dentes para fazer remédio e os ossos para fazer flechas. Ao bater com o machado nos dentes do Curupira, este ressuscitou e terminou se vingando do homem.

— Chega de histórias — disse Potirava. — Não podemos mais perder tempo. Vamos agora mesmo atrás do Curupira.

Tiago engoliu em seco, sem saber se ria ou se chorava. Queria ver a cara do seu Amadeu se ele contasse que a filha era prisioneira do Curupira.

O plano misterioso

Agora estavam prontos. Potirava se preparava para encontrar o Curupira. Tomou o cuidado de pegar uma boa quantidade de fumo e pinga para agradar à criatura. Pegaram o ônibus e voltaram para o lugar onde começara toda a aventura no dia anterior.

Entraram na mata.

— Pobre Curupira — debochou Tiago, entrando com cuidado na picada que já haviam aberto. — Se ele é o protetor das matas, deve andar meio sem trabalho por aqui.

A mata nativa já se extinguira quase totalmente. Os mais de quinhentos anos de colonização trataram de destruir a maior parte da vegetação nativa. Se o Curupira estivesse mesmo por ali, não teria muito o que proteger.

Tiago e Potirava fingiram-se de caçadores. Potirava não gostava muito daquela ideia, não desejava ferir nenhum animal, e Tiago só sabia fazer caçadas em jogos de *videogame*, em que destruía alienígenas e outros monstros.

— Quero caçar filhotes — disse Potirava em voz alta. — Carne de filhote é mais macia.

— Isso mesmo — prosseguiu Tiago. — Também quero caçar muitos filhotes.

Haviam combinado de noticiar pela mata que estavam caçando filhotes de animais. Nada poderia irritar mais o Curupira.

Potirava procurava por qualquer coisa que se mexesse. Achou um passarinho em uma árvore e mirou próximo a ele. Atirou uma pedra que passou longe da ave, fazendo-a voar assustada.

— Droga! Não acertei aquele por pouco! — lamentou falsamente o índio.

— O próximo é meu. Pode deixar que eu...

De repente, ouviram um forte barulho na mata. Como se o vento soprasse por entre as árvores.

— É ele?! — sussurrou Tiago, com medo.

— Calma — disse Potirava. — Pode ser só o vento.

Mas o som se repetiu, e Potirava não reconheceu aquele som. Desde criança andava pelo mato e sabia que um som não se repetia sempre da mesma maneira. Aquele parecia não mudar.

— Está se aproximando — disse Tiago, com mais medo ainda.

Potirava também sentiu um arrepio, sentia-se vigiado.

— Não foi nada. Vamos continuar procurando filhotes. Deve ter algum por perto.

De repente, o som ficou mais alto.

— O que foi aquilo? — gritou Tiago.

— O quê? — perguntou Potirava.

— Veja! Rápido! — Tiago apontou para o meio do mato e Potirava teve a certeza de que vira algo parecido com uma chama passar rapidamente por entre as árvores.

— Potirava — disse Tiago —, não estou me sentindo bem. Acho que essa história não vai dar certo...

O Curupira estava por perto. Potirava começou a sentir uma tristeza súbita, e esse era um dos truques da figura para atrapalhar a vida dos caçadores. Logo teriam algum tipo de mal-estar e se perderiam na mata.

Era preciso tomar uma providência. Potirava pegou o fumo que trazia em sua sacola e o levou até o meio da mata em que estavam. Afastou-se com Tiago. O barulho quase que imediatamente cessou.

— Ouça! — disse Tiago. — Parou o barulho.

Potirava voltou-se para a clareira e viu que o fumo havia desaparecido. Tão rápido isso ocorreu que ele desconfiava que o Curupira não ganhava um presente havia muito tempo.

Novamente o rapaz colocou fumo no chão e aguardou. Não tirou os olhos do local. Surgiu então à sua frente um pequeno porco, um animal que ele nunca vira por ali antes. O bicho se aproximou do fumo e o cheirou. Tiago estava apavorado, ainda se sentia triste. Queria sair dali.

— Curupira — gritou Potirava. — Estou te chamando!

— Você está louco?

— Ele está por aqui. Já está nos vigiando faz tempo. — Voltou a gritar: — Venha, apareça, queremos fazer um acordo. Te trouxe muitos presentes.

O porco voltou para dentro da mata. Fez-se silêncio. Então, de repente, Potirava viu novamente o animal voltar, só que, desta vez, vinha em cima dele o ser que tanto procuravam.

— Que estão fazendo aqui na minha mata?

O sentimento de tristeza e desesperança aumentou nos rapazes. O Curupira insistia em desorientá-los. Rapidamente, Potirava tomou de volta o fumo que havia colocado e o Curupira não conseguiu pegá-lo.

— Dê-me o fumo! — ordenou ele.

Potirava sabia que o Curupira era o rei das matas, mas, se soubesse driblá-lo com astúcia, provavelmente conseguiria o quc desejava.

— Eu lhe dou — disse Potirava. — Também tenho outra coisa para você — dizendo isso, mostrou-lhe a garrafa de pinga.

O Curupira encantou-se. Havia muito tempo que ninguém lhe oferecia nada. Vivia escondido na pouca mata que restava e sentia saudade daqueles presentes que tanto adorava.

— O que você quer? — perguntou ele.

— Não vim caçar filhotes — disse Potirava. — Não somos caçadores.

— Então por que fizeram ameaças dentro da minha mata? — perguntou ele, irritado.

— Queríamos encontrar você — respondeu Potirava.

O Curupira estava desconfiado. Não dava atenção aos homens, mas viu que aquele à sua frente era um índio. Lembrava-se do tempo em que os índios o respeitavam e não invadiam suas matas sem sua permissão.

— Você é um guarani — afirmou o Curupira. — Eu não me engano. E ele, quem é ele?

Tiago gelou ao ver aquela criatura tão estranha perto dele.

— Ele veio comigo para encontrar uma pessoa — continuou Potirava. Tiago concordou com a cabeça.

— Que pessoa? — perguntou Curupira. — Aqui não tem nenhuma pessoa.

— Tem uma garota — dizendo isso, Potirava deixou cair um pouco da pinga no chão. O Curupira tremeu.

— Não faça isso! — gritou ele.

— Tem mais de onde veio esta! — disse Potirava. — Mas só te dou com uma condição.

— Você quer fazer negócio com o Curupira? — zombou, fazendo o queixada dar uma voltinha ao redor dos rapazes.

— Quero a garota — disse Potirava.

— É um presente que me foi dado. Curupira tem muita fome — disse ele. Potirava esticou-lhe um pedaço de fumo e o Curupira mostrou-se novamente muito gentil. — Curupira gosta de ganhar presentes.

— Tem muito mais de onde veio esse. Só que eu tenho uma coisa mais importante para te dar.

— O quê? — quis saber o Curupira.

— Só falo se você me mostrar a garota. Mas te garanto que

está acontecendo uma coisa muito séria. Tem alguém que está te enganando.

Tiago continuava quieto, paralisado. Não estava entendendo o que acontecia, mas Potirava conseguira envolver o Curupira. Cada vez que ele se mostrava reticente, Potirava lhe dava um pedaço de fumo e a criatura voltava a ficar confiante. Logo o Curupira se rendeu à curiosidade e aos presentes do jovem índio.

— Me siga! — anunciou a criatura.

Potirava olhou para Tiago.

— Vamos, Tiago!

— Você está louco? Nós vamos seguir aquele... A gente não sabe o que ele pode fazer.

— Não temos tempo para isso agora, Tiago. Ele vai nos levar até Lígia. — Potirava guardou, com cuidado, a garrafa de bebida na algibeira que trazia.

— E depois?

— Vai dar tudo certo. Venha, confie em mim. Tenho um plano.

Dizendo isso, saíram os dois atrás do Curupira.

O feitiço secreto

Os jovens entraram na mata seguindo os passos do Curupira. Era muito difícil porque vez por outra se perdiam. Então, ouviam um assobio e corriam na direção dele.

Potirava ainda não tinha certeza se poderia confiar no pequeno ser. Acreditava apenas em seu instinto e na lenda, que dizia que bastava agradá-lo para conseguir o que se desejava. Segurava o fumo com muita força para evitar perdê-lo no mato.

— Para onde será que ele está nos levando? — perguntou Tiago em voz baixa.

— Espero que ao encontro de Lígia — respondeu Potirava.

Continuaram a caminhada, ora quebrando pequenos galhos, ora abaixando-se, tomando cuidado para não escorregar nas folhas secas. Estavam cansados. Potirava olhou para o lado e viu um pequeno rio. Sentiu vontade de beber água, mas não deveria parar naquele momento, poderia perder o Curupira. Às vezes, a mata ficava tão escura que parecia noite; outras vezes o Sol surgia brilhando. Se o Curupira quisesse fazer com que eles se perdessem na mata, ele certamente teria sucesso.

Foi então que, já com muita sede, fome, desorientados e com algum medo, viram no meio da mata uma pequena construção indígena. Talvez aquela construção fosse anterior à chegada no Brasil dos colonizadores que descreveram os hábitos dos índios pela primeira vez. Potirava nunca vira algo semelhante, nem mesmo em seu retorno ao passado. Ela parecia uma oca, só que era muito menor, toda coberta de folhas secas e apenas com uma pequena entrada.

— Potirava, o que será aquilo? — perguntou Tiago.

— Eu não sei. Mas quero ver o que tem lá dentro.

De repente, ouviram novamente o barulho do Curupira batendo nas árvores. Era seu sinal para afastar algum intruso.

— O que será que está acontecendo agora? — perguntou Tiago.

Sentiram então um redemoinho ao seu redor. Tiago assustou-se, e os dois garotos viram-se acuados no meio da mata sem saber o que fazer.

— Outros invadiram minha mata — rosnava, irritado, o Curupira. — Estão destruindo tudo e, pior, trazem fogo.

Potirava respirou aliviado. O problema não era com eles. Parecia que a situação estava sob controle.

— Fiquem aqui. Não se mexam nem toquem em nenhuma das coisas da mata! — ordenou o Curupira. — Vou cuidar dos invasores! — dizendo isso, deu um toque no queixada, que saiu correndo através da vegetação. Ainda puderam vê-lo batendo no tronco das árvores.

— Bah, e agora? — perguntou Tiago. — O que a gente faz?

— Ficar parado é que não vai dar! — respondeu Potirava.

— Mas ele mandou a gente ficar aqui, tchê! — insistiu Tiago.

— Não podemos perder tempo. Lígia deve estar por aqui. Talvez esteja dentro daquela pequena oca.

— Ele falou para a gente não mexer em nada — insistiu Tiago.

Potirava temia desobedecer, mas aquela era uma oportunidade que não podia perder. Tinha de olhar se Lígia estava na oca. Talvez fosse sua única chance.

— Venha! — disse Potirava. — Vamos só ver o que tem lá dentro.

Tiago concordou com a cabeça. Os rapazes se aproximaram lentamente, olhando para todos os lados, prestando atenção ao menor ruído possível. A passos lentos, chegaram à entrada da oca. Potirava deu uma última verificada ao redor, abaixou-se para olhar através da pequena porta de entrada e abafou um grito.

— Lígia! Sou eu, Potirava. Venha pra cá.

A garota parecia não ouvi-lo.

— Lígia! Lígia! — insistiu.

— O que está acontecendo? — perguntou Tiago, preocupado e ansioso. — Ela não te ouviu? — Tiago também resolveu tentar, mas a garota não respondeu.

Potirava continuou a chamar por ela. Tentou entrar na oca, mas não conseguiu. Parecia haver uma barreira invisível que protegia a entrada.

— Está enfeitiçado — Potirava informou para Tiago. — O Curupira deve ter colocado algum feitiço para ela não fugir. Veja só, parece que ela está tentando escapar, mas não consegue achar a saída.

— É verdade! — disse Tiago, que logo em seguida também tentou entrar na oca. — Ela também não me ouviu. O que vamos fazer? Esperar o Curupira voltar? E se ele não quiser libertá-la?

Potirava não sabia o que fazer. Queria uma resposta. Qualquer coisa. Achava muito injusto ter a garota tão próxima dele e não poder fazer nada. Como queria que o pajé estivesse por ali, ele certamente saberia o que fazer.

— E agora? — apavorava-se Tiago ainda mais.

Potirava chutou a passagem, repetiu o nome de Lígia, jogou coisas, mas nada passava. Tudo esbarrava na entrada e caía no chão.

Enfurecido, resolveu esmurrar aquele estranho portal. Com a mão esquerda protegia o fumo e com a outra socava a entrada. Então, cansado que estava, apoiou as duas mãos no portal e gritou tristemente:

— Lígia!

— Quem está aí? — a garota finalmente respondeu, aturdida.

Potirava ficou de pé.

— Você ouviu, Tiago? — entusiasmou-se Potirava. — Parece que ela me escutou.

— Quem está aí? — gritou a garota, perdida no interior da oca.

— É verdade! — entusiasmou-se Tiago. — Ela ouviu mesmo! Lígia, sou eu, Tiago, venha para cá, caminhe para a porta.

— Não adianta — disse Potirava. — Ela não nos ouve mais.

— Mas o que foi que você fez da outra vez? — perguntou Tiago.

— Nada — desesperou-se Potirava. — Apenas me encostei aqui e...

— Veja — gritou Tiago. — Foi isso o que aconteceu.

Potirava percebeu que uma de suas mãos podia atravessar o portal. Quando ele enfiava a mão esquerda pela passagem, ele podia sentir o ar do outro lado, era como se estivesse penetrando em outro ambiente. Notou que era exatamente a mão em que estava a pulseira que dera para Lígia.

— Deve ser isto — gritou Tiago. — Esta pulseira já foi dela. Acho que é por isso que você consegue colocar a mão aí.

Lígia viu, pela primeira vez, uma coisa diferente entrando na oca. A única coisa que sempre passava por ali era o Curupira e seu queixada barulhento. Assustara-se ao ver aquela mão.

— Quem é que está aí? — perguntou ela. — Diga quem você é!

Potirava achou que Tiago tinha razão, seu braço só entrava até onde estava a pulseira, nada mais passava, a não ser o som da voz do índio.

— Sou eu, Lígia!

— Potirava! — gritou ela, olhando para a mão e reconhecendo a pulseira. — Por favor, me tire daqui! — disse ela, desabando em lágrimas.

— Pegue minha mão, rápido!

Potirava sentiu quando a garota lhe tocou a mão, mais do que rapidamente ele a puxou, com todas as suas forças. Tiago, sentindo a dificuldade do índio, também começou a puxá-lo e, de repente, Lígia atravessou o portal, caindo sobre os garotos.

Quando se tocaram, Potirava e Lígia sentiram a mesma emoção. Um grande alívio cheio de felicidade invadiu os dois. Lígia não conseguia entender muito bem o que estava acontecendo. Só sabia que queria sair dali o mais rápido possível. E essa era a mesma ideia dos rapazes.

— Vamos embora daqui — gritou Tiago — antes que o Curupira volte.

— Não diga o nome dele — gritou Potirava. — Ele pode achar que nós o chamamos. Vamos embora daqui.

Entretanto, o alarme já fora dado. Eles não perceberam o papagaio que os observava com interesse do alto de uma árvore, tão entretidos que estavam tentando descobrir uma maneira de tirar Lígia daquela armadilha.

— Socorro, socorro! — começou a gritar o pássaro. — Estão levando a menina, estão levando o seu presente, Curupira!

Olharam para o alto e viram a pequena ave gritando a plenos pulmões.

— Vamos embora daqui agora! — gritou Potirava.

— Mas pra onde? — perguntou Tiago.

— Não sei, temos de fugir, rápido. Você está bem, Lígia? Pode correr?

A garota balançou a cabeça fazendo que sim e logo escaparam para a mata, para o mesmo lado de onde tinham vindo. Tentavam aproveitar a picada que haviam aberto, mas parecia que o mato crescia rapidamente.

— Você ouviu isso? — perguntou Tiago.

Potirava preferia não ter ouvido, mas, sim, era o inconfundível som do Curupira, o barulho que anunciava sua chegada.

— E agora? — desesperou-se Lígia. — O que vamos fazer?

— Para o rio, vamos correr para o rio.

— Que rio? — perguntou Tiago.

— Aquele que a gente viu antes de chegar aqui. É nossa única chance.

— Mas pra quê? — insistiu Tiago.

— Corra e entre no rio, depois eu explico, não podemos perder tempo.

Novamente Potirava aguçou os ouvidos atrás do som do rio, da água batendo nas pedras. Enquanto tentava repetir o caminho que fizeram, abraçava Lígia com força; não iria perdê-la novamente. A garota estava exausta, provavelmente havia sentido muito medo e fome.

— Estou ouvindo — gritou Potirava. — Vamos, rápido!

Tiago quebrava os galhos com força correndo na direção que Potirava lhe indicou, então, avistou o pequeno rio. Não entendia que serventia aquele rio tão raso teria, mas disparou para dentro dele, molhando os pés e as pernas.

— Pronto! Cheguei! — gritou Tiago, virando-se para trás para ver se os amigos o acompanhavam.

Entretanto, não gostou do que viu. Potirava corria com Lígia e, um pouco antes de chegar à margem, a garota caiu no chão, perdendo o equilíbrio em um galho que pareceu estar vivo. Potirava caiu em seguida, mas ergueu-se rapidamente para ajudar a garota. Porém, já era tarde: à frente deles, com um olhar enfurecido, estava o Curupira.

Um encontro inesperado

Potirava sentia-se impotente. Tanto se esforçara para salvar Lígia e agora estava ali, na mira do Curupira. Pelo menos Tiago se protegeu, saltando para dentro do rio. Estava seguro.

— Quer dizer que você me desobedeceu?! — gritou o Curupira. — Melhor para mim, já esperei tempo demais, você quebrou o acordo, não me respeitou, então eu posso fazer o que quiser com você agora!

Deu uma grande gargalhada e ergueu um galho para machucar Potirava e Lígia. Potirava rapidamente pegou um pedaço do fumo e o atirou na direção dele.

"Curupira é cheio de vícios", lembrou-se Potirava. Enquanto tivesse aquele fumo, eles teriam alguma chance.

— Curupira... — começou Potirava. — Por favor, me ouça.

O Curupira pitava o fumo enquanto Potirava se esforçava para procurar palavras para não ofendê-lo.

— Existem algumas coisas que não são verdade por aqui.

O Curupira olhava-o, atento.

— Sepé me disse que o fogo que nunca queima estava guardando Lígia a pedido dos deuses.

Curupira riu-se enquanto fumava.

— Era uma ordem! — continuou Potirava. — Mas que deus te mandou fazer isso?

— Ora, não vá me dizer que já se esqueceu do deus do teu povo? — respondeu. — Tupã. Foi Tupã que me pediu para ficar cuidando da menina.

— Não me esqueci do deus do meu povo — respondeu o guarani. — Você é que está se confundindo.

Potirava olhou para Tiago e viu que ele acenava oferecendo ajuda. Potirava fez sinal para que ele ficasse quieto dentro do rio.

— Como estou me confundindo? E não sou eu o rei das matas, protetor dos animais, criação do próprio Tupã?

— Sim, só que Tupã não te fez. Ele é somente teu irmão.

Potirava lembrou-se da história que lera na internet enquanto fazia suas pesquisas junto com Tiago. Para os índios, havia um deus, chamado Nhanderuvuçu, que criara todas as coisas. Então, um dia, ele deu vida a quatro seres para cuidar dos elementos: *Iara*, protetora das águas; *Ceuci*, que protegia as plantas cultivadas e a casa que se construísse ao lado dos roçados; *Tupã*, mestre dos ventos, que traria chuva para manter o ciclo da vida alimentando a terra e todos os seres vivos; e, por fim, o próprio *Curupira*, protetor das matas.

Quando os jesuítas chegaram, tentaram ensinar para os índios sua religião cristã; entretanto, não tiveram sucesso. Então, procuraram na língua indígena o nome do deus a quem aqueles nativos deviam obediência. Finalmente encontraram Nhanderuvuçu. Porém, a pronúncia era muito difícil, e eles não conseguiam se fazer entender pelos índios. Para sorte dos jesuítas, encontraram o nome de Tupã durante suas pesquisas e consideraram este mais adequado para se relacionar com eles. Até mesmo a pronúncia do nome Tupã e seu significado de "provedor das coisas e que zela pela vida" tinha maior proximidade com a ideia do deus que eles pretendiam transmitir aos índios. Era também um nome mais fácil para comunicar à Coroa de seus reinos sobre os avanços nos novos territórios e também para outros jesuítas que viessem a chegar.

— Tupã não é o seu deus — disse Potirava, rememorando a história. — Ele é seu irmão!

O Curupira estava muito confuso. Estava havia tanto tempo sozinho, vendo seu espaço de vida diminuir cada vez mais, que foi se esquecendo também da história de sua própria criação. O isolamento e a falta de contato com os índios foram fazendo sua memória sumir. Quando foi procurado por Tupã e ganhou Lígia como prêmio, achara-se importante.

— E por que Tupã faria isso comigo? — perguntou o Curupira.

— Para mostrar poder — respondeu Potirava, sem ter muita certeza, torcendo para que aceitasse suas palavras.— Hoje é ele quem comanda todas as forças por aqui, que vive soprando por todos estes campos. As pessoas só conhecem o nome dele e também se confundem.

Potirava percebeu que o Curupira estava muito atento à sua história. Esporadicamente, Potirava lhe jogava um pedaço de fumo. Aos poucos foi armando uma fuga para o rio. Fez um sinal para Lígia para que ela se preparasse. Olhou nos olhos da garota e depois girou os olhos para o rio. Jogou então mais um pedaço de fumo para o Curupira e gritou para Lígia.

— Agora! — Ambos correram para o rio o mais rápido que puderam e, antes que o Curupira pudesse fazer qualquer coisa, os garotos já estavam com os pés dentro da água.

— Voltem, voltem aqui! — gritou o Curupira.

— O que acontece? Por que ele não vem atacar a gente? — perguntou Tiago.

— Ele não pode entrar em água corrente. Perderia todo o poder se fizesse isso — respondeu Potirava.

— Você me enganou! — gritava o Curupira. — Está levando meu presente embora! Tupã vai ficar zangado com você!

Potirava achava que não. No fim das contas, parecia que o Curupira não havia entendido a história. O que Potirava relatou era a mais pura verdade. Tupã havia vencido novamente e não iria ficar irritado com Potirava. O Curupira ainda acreditava que era filho de Tupã.

— Não se preocupe Curupira! — gritou Potirava, caminhando dentro do rio. — Nunca mais lhe faltará fumo. Eu prometo.

O rapaz sentia pena de deixá-lo sozinho ali na mata, mas não havia o que fazer, o pequeno ser tinha temperamento inconstante e poderia matar a todos se ficasse irritado.

— Vocês estão bem? — perguntou Potirava.

— Sim — respondeu Lígia, abraçando-o. — Muito obrigada — virou-se para Tiago e também agradeceu. — Obrigada também, Tiago, nunca vou me esquecer de tudo o que você fez por mim.

O garoto abaixou os olhos, encabulado.

— E agora, Potirava? — perguntou Tiago. — O que a gente vai fazer, ficar dentro do rio até se afogar?

— Vamos caminhar dentro do rio até onde haja uma área sem mata. Assim o Curupira não vai poder pegar a gente.

Dito isso, continuaram arrastando os pés no raso leito do rio. Potirava sabia que logo achariam um pedaço de terra em que pudessem caminhar. Havia muitos pastos naquela região resultantes de tanto desmatamento.

— Devemos estar perto — disse ele.

— Esperem, vocês ouviram isso? — falou Tiago, interrompendo a caminhada. — Acho que o Curupira está nos seguindo.

Ficaram em silêncio e, por fim, ouviram o som de alguém dentro da mata: galhos se quebrando, barulhos estranhos. O que quer que fosse parecia correr rapidamente em direção a eles. De repente, alguém apareceu, todo sujo do meio da mata.

Tiago assustou-se, Potirava ficou branco, Lígia gritou:

— Pai!

Potirava corre grande perigo

Quando seu Amadeu viu a filha dentro do rio, encheu-se de espanto. Mal podia crer no que via. Desde o desaparecimento da garota, estivera à sua procura. Todos os seus amigos do Exército se dispuseram, com todo o conhecimento que tinham, a ajudar na busca. Entretanto, muitos dos homens haviam se perdido na mata, ele próprio estava desnorteado. Não entendia o que havia acontecido. Estavam quebrando o mato e cortando algumas árvores quando um som estranho encheu a floresta. Enquanto tentavam descobrir de onde vinha aquele ruído, embrenharam-se na mata e logo começaram a perder o senso de direção. Breve, todos estavam separados e perdidos.

Eles não sabiam, mas o Curupira é que estava atrapalhando os caminhos daqueles homens. Fora o som deles, destruindo a mata, que havia chamado a atenção do Curupira, fazendo-o deixar os garotos a sós, oferecendo a oportunidade do resgate de Lígia.

O Curupira só não feriu gravemente todos os homens quando deparou-se com eles porque o papagaio avisou-o da fuga da menina e ele, então, voltou para proteger o que julgava ser o seu grande presente dos deuses.

Naquele momento, porém, nada mais importava: seu Amadeu, ao ver sua filha, recuperou-se de todo o sofrimento. Correu para dentro do rio e abraçou-a, sendo totalmente correspondido. Os garotos observavam em silêncio.

— Minha filha! — gritava o homem. — O que foi que aconteceu com você?

A menina chorava abraçada ao pai sem conseguir dizer uma só palavra. Ao ver Tiago, o homem achou que o rapaz tivesse alguma coisa a ver com aquilo. Quando confiou-lhe a tarefa de procurar a filha, sabia que o garoto seria muito importante; afinal, era o único que presenciara o contato de Lígia com o índio. Julgou que Tiago poderia seguir Potirava e descobrir se o índio havia feito algum mal para Lígia. Exatamente por isso não gostou de ver Potirava ali. Agora, tinha certeza de que ele tinha a ver com o sumiço da filha.

— Calma, minha filha — disse o homem, acalmando Lígia. — Vamos sair daqui agora.

Lígia voltou a si e procurou pela mão de Potirava. Logo a segurou dividindo sua atenção entre aquelas duas pessoas tão importantes para ela.

— É melhor tomarmos cuidado — pediu o índio.

— O que está acontecendo por aqui? — perguntou o homem.

— Acho que o senhor não vai acreditar! — respondeu Tiago.

— Acreditar no quê? — insistiu seu Amadeu.

— Depois eu explico, papai — interveio Lígia. — Só precisa saber agora que estes dois salvaram a minha vida.

Enquanto o homem respirava aliviado, Potirava procurava uma chance de sair do rio com segurança. Seu Amadeu queria saber por que não podiam sair dali, mas, outra vez, Lígia pediu-lhe que ficasse em silêncio. Ele, por não estar ciente do que acontecia, resolveu acatar o desejo da filha.

Potirava finalmente reparou em um local onde a mata estava muito baixa e, logo atrás dela, começava um pasto. Ergueu-se, olhou para a margem e disse:

— Por aqui, venham! — Saiu do rio e correu para o pasto. Olhou para trás e verificou que, um a um, todos saíram com segurança. — Pronto, estamos salvos — completou ele.

— Salvos do quê? — insistiu seu Amadeu. — Do que é que vocês estão fugindo? Se existe algum perigo no mato, preciso saber agora! Meus homens estão lá dentro, tenho de voltar para ajudá-los.

Potirava se assustou. Seu Amadeu lhes contou o que acontecera. Imediatamente, o rapaz entendeu que aquilo era obra do Curupira. Como ele não havia conseguido a garota, poderia voltar agora para matar os homens que estavam perdidos na floresta.

— Vou ter de voltar para o rio — disse Potirava.

— Não! — gritou Lígia. — Você não pode voltar lá sozinho!

Seu Amadeu estava extremamente impaciente, queria que lhe explicassem logo o que estava se passando, mas, antes que isso pudesse acontecer, Potirava voltou para dentro do rio.

O jovem índio tinha esperança de fazer um acordo final com o Curupira. Não pretendia voltar a encontrá-lo tão cedo, mas tinha de salvar a vida de todos aqueles homens. O pequeno ser devia estar furioso. O índio caminhou pelo rio, afastou-se do campo de visão das outras pessoas e aproximou-se lentamente da margem.

— Curupira, Curupira, por favor, apareça — chamou o índio. — Um dos que acredita em sua existência pede a sua presença.

Então, Potirava, protegido no meio do rio, ouviu os estranhos sons que revelavam a aproximação do Curupira. Não tardou a aparecer montado em seu queixada.

— Você voltou? — perguntou ele. — O que deseja? Diga logo, que tenho algo a fazer.

Potirava ficou feliz em ver que ele havia atendido o seu chamado, mas sentia também medo de que seu acordo não funcionasse.

— Curupira — iniciou o índio —, você faz parte do meu povo, sempre viveu conosco, muito antes de o homem branco chegar. Mas estamos acabando, eu sou um dos poucos que restam — a criatura ouvia atentamente. — Eu acredito em você, sei de seus segredos e quero fazer um acordo.

— Um acordo? — interessou-se o Curupira. — Então saia do rio e venha aqui falar comigo.

Potirava não podia cair naquelas artimanhas.

— Não, não vou sair, mas tenho algo de que você gosta. — Dizendo isso, tirou do bolso um último pedaço de fumo e mostrou para ele. — Não vou deixar você viver sozinho novamente. Confie em mim! Continue a proteger a mata, mas não mate mais ninguém, não cause acidentes.

— Não quero ninguém destruindo minha mata! — gritou ele.

— O homem é muito poderoso — continuou o índio. — Se eles acharem que esta pouca mata que resta é perigosa, eles vêm aqui e destroem tudo. Você não vai poder fazer nada.

O Curupira lembrou-se de grandes máquinas e do fogo que havia se espalhado pela mata, destruindo tudo, sem que ele pudesse interferir. A cada dia, seu território diminuía mais e mais.

— Por favor — continuou o índio. — Eu prometo que sempre lhe trarei vários presentes e voltarei aqui para conversar. Mas, por favor, não maltrate os homens que estão presos aí na mata. Deixe-os sair e eu nunca vou me esquecer de você.

O queixada se mexia impaciente. Queria voltar para a mata.

— Saia do rio e me dê o presente! — disse ele. — Você quer que eu confie em você, mas você também precisa confiar em mim!

Potirava intimidou-se outra vez. O que fazer? Se o Curupira não aceitasse o acordo, ele poderia causar muitas mortes. O índio sabia que ele não viveria em paz se não tomasse uma séria providência para impedir aquelas possíveis mortes.

Segurou firme o fumo que tinha nas mãos e começou a caminhar em direção ao Curupira. O queixada se mexeu nervosamente. Potirava fixou-se nos olhos do Curupira na esperança de identificar algum movimento traiçoeiro. Finalmente saiu inteiramente do rio. O Curupira se afastou um pouco para o interior da mata, calculando uma maneira de impedir o menino de voltar para as águas. Então, Potirava estendeu a mão com o fumo. O Curupira se aproximou, encarou o rapaz nos olhos. Potirava sentiu o calor da respiração do queixada em sua barriga. O ser pegou o fumo e deu uma gargalhada, voltando para o interior da mata.

Potirava respirou aliviado. A paz que o invadiu foi muito grande. Sentiu-se feliz de poder andar novamente em segurança pela mata e também de ter conseguido um acordo com um ser que sempre oferecera tanto perigo. O pajé jamais iria acreditar que aquilo havia acontecido.

Estava feliz! Mas, para que a felicidade fosse completa, faltava ainda uma única coisa: enfrentar o pai de Lígia.

Uma missão para o futuro

Quando chegaram novamente às ruínas das Missões, estavam todos muito cansados. Potirava, Lígia, Tiago e seu Amadeu fizeram uma dura caminhada até chegar lá. Quando Potirava entrou no rio novamente, Lígia ficou aflita. Só não foi atrás dele porque seu pai e Tiago a prenderam com força. Ficou aliviada ao vê-lo voltar. Não soltou mais o rapaz durante toda a caminhada.

— Então, o que foi que aconteceu? — perguntou seu Amadeu, ao chegarem ao restaurante das Missões, onde pediram água e comida.

Lígia contou que, após a briga com o pai, saiu à procura de Potirava. Seguiu realmente para a estrada. Sentiu-se, entretanto, misteriosamente atraída para o mato e acabou sendo capturada pelo Curupira. Seu Amadeu ouvia toda a história com atenção. Apenas simulou um sorriso de descrença quando a ouviu falar do Curupira. Achou que a menina deveria ter desmaiado ou sofrido alguma febre durante o tempo em que ficara perdida no meio do mato.

Por fim, ele continuou a não aceitar aquela história. Tinha certeza de que alguma coisa a mais deveria ter acontecido.

— Não, foi isso mesmo! — insistiu Tiago. — E eu posso provar.

Todos olharam para ele com espanto.

— Eu estava morrendo de medo de fazer parte de tudo aquilo e não queria sumir na mata sem deixar rastros. Então, eu tirei um monte de fotos com o meu celular enquanto a gente caminhava.

Potirava sorriu. Que boa ideia aquela!

— Depois que eu fiquei dentro do rio, continuei fotografando e acho que agora vai dar pra provar tudo.

Dizendo isso, Tiago ligou o celular e começou a exibir as fotos. Primeiro surgiram imagens das Missões, do trabalho da escola, da praça, da feira de artesanato, muitas fotos de Lígia, algumas do índio.

— Eu não queria esquecer a sua cara — disse Tiago para Potirava. — Veja! Acho que foi a partir daqui que eu comecei a tirar fotos do Curupira.

— Cadê? — perguntou Potirava, muito curioso com aquilo.

Lígia espichou-se para olhar na tela do celular.

— Não estou vendo nada — disse ela.

— Como não? Veja. Ele estava aqui, não estava, Potirava? — afligiu-se Tiago.

Potirava olhava as fotos e não via nada, a não ser o mato.

— Não é possível! — insistia Tiago. — Eu tirei fotos o tempo todo. Eu tenho certeza de que o Curupira estava aqui quando eu tirei esta. — Na imagem, viam-se Potirava e Lígia caídos no chão, olhando para um ponto fixo na mata.

— Deixe isso para lá — conformou-se seu Amadeu. Talvez os adolescentes tivessem armado alguma brincadeira e ele jamais descobriria a verdade. — Não tem mais importância, minha filha. Só quero que você me prometa que nunca mais vai fazer isso. — Os olhos do homem se encheram de lágrimas. — Você é a única pessoa que me resta neste mundo.

Lígia abraçou o pai com muito carinho. Amava-o, só lamentava que, para que renascesse aquele sentimento, tivesse de ter passado por tanto sofrimento.

— Eu te amo, papai! — confessou a garota. — Mas eu também gosto muito dele — puxou Potirava para perto de si. — E quero que o senhor entenda isso de uma vez por todas.

O homem enxugou as lágrimas e, ainda resistente, abraçou o garoto.

— Obrigado por ter salvado minha filha — disse ele. — Continue tomando conta dela, mas lembre-se, estou de olho em você. — Em seguida, apertou a mão de Tiago. — Obrigado, você foi um grande espião — Tiago encolheu-se, encabulado.

— Veja! Aqueles homens! Estão sujos do mesmo jeito que a gente está! — gritou Lígia, ao ver um grupo vindo em direção a eles.

— São meus companheiros — aliviou-se seu Amadeu. — Vou lá falar com eles, dizer que está tudo bem. Você me espera aqui, minha filha. — Saiu do restaurante e foi em direção aos homens.

Lígia e Potirava olharam para Tiago tão logo se viram sozinhos.

— Tiago! — iniciou Lígia, levemente zangada. — Quer fazer o favor de me explicar esta história de espião?!

O rapaz encabulou-se, mas logo começou a falar para que os amigos não ficassem com uma terrível impressão dele.

— Seu pai achava que o Potirava tinha sumido com você. Ele me pediu para ficar colado nele, até descobrir se ele tinha alguma coisa a ver com isso. E não é que ele tinha mesmo, tchê?

— Como assim? — perguntou Potirava.

— Nada disso teria acontecido se Lígia tivesse ficado comigo. Os deuses dos índios não iam estar nem aí para a gente.

Potirava e Lígia riram.

— Me desculpem — disse ele. — Eu só fiz isso pensando no seu bem, Lígia.

Lígia olhou o rapaz com carinho. Gostava dele, mas não podia mandar no seu coração.

— Tudo bem, Tiago — disse ela. — Acho que nunca vamos nos esquecer de toda essa aventura. Eu espero que você queira continuar sendo meu amigo.

— Claro que sim — respondeu ele. — Se o Potirava deixar, é claro.

Potirava sorriu.

— Ele deixa, sim — disse ela. — Acho melhor ele nem tentar mandar em mim.

— Eu não — respondeu o índio. — Acho que, no fim das contas, até o Curupira ficou com medo de você.

— Engraçadinho — disse ela. — Por falar em Curupira... Meu pai já me deixou ficar com você; e o Curupira, será que ele vai deixar?

Não era exatamente nisso que Potirava estava pensando quando a garota disse aquilo. Pensava em Sepé. Será que ele sabia o que estava acontecendo? Será que ele o perdoaria?

Pensando nisso, chamou os dois amigos e foram atrás do pajé. Não demoraram a encontrá-lo. Tiago ficou do lado de fora da oca enquanto Potirava e Lígia entraram silenciosamente. Potirava lhe contou toda a história e o velho índio ouviu cada palavra atentamente.

— Você foi muito corajoso, meu filho! — disse ele. — Curupira é muito perigoso. Nhanderuvuçu já sabe das artimanhas de Tupã. Ele vai fazer as pazes entre seus filhos.

— O senhor acha que Sepé vai ficar feliz com tudo o que aconteceu? — indagou Potirava. — Eu e Lígia queremos muito ficar juntos.

— Ontem à noite eu vi Sepé — anunciou o pajé.

Os jovens se olharam.

— Ele apareceu para mim, montado em seu cavalo, dizendo que o destino da gente estava muito bem protegido. Havia nascido um novo guerreiro e ele estava muito orgulhoso.

— Quem é esse guerreiro? — perguntou Potirava.

— Você, meu filho! — respondeu o pajé. — Assim como Sepé, você lutou pelo que acreditava com sabedoria, não desistiu. Você provou que o sangue dele corre forte nas suas veias. Siga sua vida, você agora é um guerreiro e vai saber viver com coragem e alegria. Você provou que é valente e luta pelo que ama. Sepé está muito feliz!

Potirava não conseguiu impedir que uma lágrima escorresse de seus olhos. Lígia, emocionada, não procurou disfarçar as suas. O jovem despediu-se do pajé e saíram da tenda.

— E aí, e aí? — agitou-se Tiago, ao ver os dois saírem de dentro da cabana. — Ele deixou vocês namorarem?

Os dois se beijaram.

— Bah, não precisa me humilhar, né? — riu-se o garoto. — Vou deixar vocês dois a sós. Depois você precisa me apresentar uma dessas suas primas — disse Tiago. — Gostei muito de uma indiazinha ali.

— Depois eu te apresento o pai dela. Ele é grande e forte. Você vai ter de pedir permissão para ele primeiro. Só que, para ficar com ela, você vai ter de caçar uma onça com arco e flecha.

Potirava e Lígia se afastaram, enquanto Tiago ficou pensando se ainda existiria onça no Rio Grande do Sul. Caminharam em direção às ruínas. Enquanto pisavam naquele chão, lembraram-se de quantos eventos felizes e trágicos aconteceram por ali. Era uma pena que uma civilização tão forte e bonita não tivesse tido o destino próspero que merecia.

Mas a vida continuava, e o importante era que aquele local, que tanto sofrimento testemunhara, visse agora aqueles jovens se beijando apaixonadamente, criando a esperança de um futuro melhor para todos.

Escrever este livro foi uma grande aventura, de verdade. Moro em São Paulo e fui dirigindo sozinho até a região das Missões, na cidade de Santo Ângelo (RS). Resolvi fazer a viagem dessa maneira para ver a paisagem e conhecer as pessoas ao longo do caminho. Sempre tive muita vontade de visitar esse local, que eu vi, pela primeira vez, em um programa de televisão. Desde então, imaginei-me um dia no meio daquelas ruínas tão bonitas e especiais. É impressionante como um lugar pode nos contar sua história por meio dos vestígios deixados. Aprendemos sobre construção, arquitetura, agricultura, religião e história. Está tudo lá, basta olhar a junção das pedras e os nichos vazios onde estiveram tão belas imagens que hoje repousam tranquilas no museu ao lado das ruínas. Também, à noite, tive a oportunidade de assistir ao grande espetáculo de som e luz que conta muito do que se passou por ali.

Para escrever a história que você acabou de ler, pesquisei bastante. Foi muito divertido aprender um monte de coisas sobre a história do nosso país que eu nem imaginava que tinham acontecido. Nunca ouvira falar da Guerra Guaranítica, por exemplo. Surgiram tantas informações interessantes que ainda dá para escrever mais uns dez livros diferentes.

Além de gostar de viajar e escrever, também sou cantor e ator. Trabalhei em alguns espetáculos teatrais, gravei um CD chamado *Tempo*, fui redator de rádio e televisão. Tenho publicado pela Editora Saraiva o livro *Um e-mail em vermelho*, em parceria com Eliana Martins, também da coleção Jabuti.

Arquivo pessoal do autor

Eu, quando conheci a região das Missões (RS).

Visite minha página na internet, pois sempre deixo uma novidade lá: manuelfilho.wixsite.com/manuel-filho

Manuel Filho

Sobre o ilustrador

Nasci em Salvador, Bahia, e muito cedo já pus os pés em um avião com destino a São Paulo.

Desde pequeno, adoro desenhar; ficava observando meu pai pintar quadros e acho que aprendi muito com ele.

Sou formado em Artes Plásticas pela Universidade Mackenzie. Desenhei para jornais, pintei quadros, estampei tecidos, fui diretor de arte em Portugal, fiz um pouco de tudo em artes visuais. Por tudo isso, acabei me apaixonando por teatro e cinema, estudei e tornei-me ator profissional.

Já ilustrei livros, fiz cinema, teatro, televisão, desenho animado, plantei uma árvore e tenho um filho lindo. Graças a ele, ainda me sinto um aprendiz, e isso é muito bom!

Ricardo Dantas

COLEÇÃO JABUTI

Adeus, escola ▼◆🗐☒
Amazônia
Anjos do mar
Aprendendo a viver ◆⌘■
Aqui dentro há um longe imenso
Artista na ponte num dia de chuva e neblina, O ✱★⌗
Aventura na França
Awankana ✏☆⌗
Baleias não dizem adeus ✱🕮⌗○
Bilhetinhos ✪
Blog da Marina, O ⌗✏
Boa de garfo e outros contos ◆✏⌘⌗
Bonequeiro de sucata, O
Borboletas na chuva
Botão grená, O ▼✏
Braçoabraço ▼⚐
Caderno de segredos ❑◎✏🕮⌗○
Carrego no peito
Carta do pirata francês, A ✏
Casa de Hans Kunst, A
Cavaleiro das palavras, O ★
Cérbero, o navio do inferno 🕮☑⌗
Charadas para qualquer Sherlock
Chico, Edu e o nono ano
Clube dos Leitores de Histórias Tristes ✏
Com o coração do outro lado do mundo ■
Conquista da vida, A
Da matéria dos sonhos 🕮☑⌗
De Paris, com amor ❑◎★🕮⌘☒⌗
De sonhar também se vive...
Debaixo da ingazeira da praça
Desafio nas missões
Desafios do rebelde, Os
Desprezados F. C.
Deusa da minha rua, A 🕮⌗○
Devezenquandário de Leila Rosa Canguçu ✈
Dúvidas, segredos e descobertas
É tudo mentira
Enigma dos chimpanzés, O
Enquanto meu amor não vem ●✏⌗
Escandaloso teatro das virtudes, O ✈☺

Espelho maldito ▼✏⌘
Estava nascendo o dia em que conheceriam o mar
Estranho doutor Pimenta, O
Face oculta, A
Fantasmas ⌗
Fantasmas da rua do Canto, Os ✏
Firme como boia ▼⌗○
Florestania ✏
Furo de reportagem ❑✪◎🕮⚐⌗
Futuro feito à mão
Goleiro Leleta, O ▲
Guerra das sabidas contra os atletas vagais, A ✏
Hipergame ☙🕮⌗
História de Lalo, A ⌘
Histórias do mundo que se foi ▲✏✪
Homem que não teimava, O ◎❑✪⚐○
Ilhados
Ingênuo? Nem tanto...
Jeitão da turma, O ✏○
Lelé da Cuca, detetive especial ☑✪
Leo na corda bamba
Lia e o sétimo ano ✏■
Luana Carranca
Machado e Juca ✝▼●☞☑⌗
Mágica para cegos
Mariana e o lobo Mall 🕮⌗
Márika e o oitavo ano ■
Marília, mar e ilha 🗐☙✏
Matéria de delicadeza ✏☞⌗
Melhores dias virão
Memórias mal-assombradas de um fantasma canhoto
Menino e o mar, O ✏
Miguel e o sexto ano ✏
Miopia e outros contos insólitos
Mistério mora ao lado, O ▼✪
Mochila, A
Motorista que contava assustadoras histórias de amor, O ▼●🗐⌗
Na mesma sintonia ⌗■
Na trilha do mamute ■✏☞⌗
Não se esqueçam da rosa ♠⌗
Nos passos da dança

Oh, Coração!
Passado nas mãos de Sandra, O ▼◎⌗○
Perseguição
Porta a porta ■🗐❑◎✏⌘⌗
Porta do meu coração, A ◆⚐
Primeiro amor
Quero ser belo ☑
Redes solidárias ◎▲❑✏⚐⌗
Reportagem mortal
romeu@julieta.com.br ❑🗐⌘⌗
Rua 46 ✝❑◎⌘⌗
Sabor de vitória 🗐⌗○
Sambas dos corações partidos, Os
Savanas
Segredo de Estado ■☞
Sete casos do detetive Xulé ■
Só entre nós – Abelardo e Heloísa 🗐■
Só não venha de calça branca
Sofia e outros contos ☺
Sol é testemunha, O
Sorveteria, A
Surpresas da vida
Táli ☺
Tanto faz
Tenemit, a flor de lótus
Tigre na caverna, O
Triângulo de fogo
Última flor de abril, A
Um anarquista no sótão
Um dia de matar! ●
Um e-mail em vermelho
Um sopro de esperança
Um trem para outro (?) mundo ✖
Uma trama perfeita
U'Yara, rainha amazona
Vampíria
Vida no escuro, A
Viva a poesia viva ●❑◎✏🕮⌗○
Viver melhor ❑◎⌗
Vô, cadê você?
Zero a zero

Prêmio Altamente Recomendável da FNLIJ
Prêmio Jabuti
Prêmio "João-de-Barro" (MG)
Prêmio Adolfo Aizen - UBE
Premiado na Bienal Nestlé de Literatura Brasileira
Premiado na França e na Espanha
Finalista do Prêmio Jabuti
Recomendado pela FNLIJ
Fundo Municipal de Educação - Petrópolis/RJ
Fundação Luís Eduardo Magalhães

● CONAE-SP
⌗ Salão Capixaba-ES
▼ Secretaria Municipal de Educação (RJ)
■ Departamento de Bibliotecas Infantojuvenis da Secretaria Municipal da Cultura/SP
◆ Programa Uma Biblioteca em cada Município
❑ Programa Cantinho de Leitura (GO)
♠ Secretaria de Educação de MG/EJA - Ensino Fundamental
☞ Acervo Básico da FNLIJ
✈ Selecionado pela FNLIJ para a Feira de Bolonha

✏ Programa Nacional do Livro Didático
🕮 Programa Bibliotecas Escolares (MG)
☙ Programa Nacional de Salas de Leitura
🗐 Programa Cantinho de Leitura (MG)
◎ Programa de Bibliotecas das Escolas Estaduais (GO)
✝ Programa Biblioteca do Ensino Médio (PR)
⌘ Secretaria Municipal de Educação/SP
☒ Programa "Fome de Saber", da Faap (SP)
⚐ Secretaria de Educação e Cultura da Bahia
○ Secretaria de Educação e Cultura de Vitória

Coleção Jabuti Aventura

Editora Saraiva

DESAFIO NAS MISSÕES

Manuel Filho

Apreciando a Leitura

■ Bate-papo inicial

Ambientada nos dias de hoje, a história de amor entre Lígia e Potirava tem como cenário a região de Sete Povos das Missões, no Rio Grande do Sul. A escola da jovem propõe como atividade de História uma encenação dos fatos diante das ruínas da catedral. A beleza do lugar encanta-a, mas, à medida que declama suas falas, o eco do massacre dos indígenas pelos colonizadores portugueses e espanhóis no século XVIII a deixa indignada. Enquanto a peça transcorre, troca olhares com o belo índio Potirava, jovem artesão guarani de quem comprara um cesto. Filha de um militar viúvo, loira, de olhos azuis, Lígia não conseguirá que seu pai aceite o namoro. No mesmo dia em que briga com o pai, a moça some misteriosamente. O jovem índio, inicialmente acusado de seu desaparecimento, é que vai resgatá-la das forças sobrenaturais de seu raptor, o Curupira. O tema central, apoiado pelo verdadeiro heroísmo, será – finalmente! – a realização da convivência pacífica e respeitosa entre brancos e indígenas.

■ Analisando o texto

1. Por que Lígia vai morar na cidade de Santo Ângelo, no Rio Grande do Sul?

R.: ____

____

____

2. Por que razões o pai de Lígia não permite o namoro da filha com Potirava?

R.: ____

____

____

____

____

3. O jovem Potirava descobre ser descendente direto de um grande herói guarani, que cunhara a frase: "Esta terra tem dono". Quais são os vários sinais de seu próprio heroísmo na história?

R.: ____

____

____

____

____

____

4. Na história, qual a importância do papel do Curupira?

R.: ____

____

____

____

____

____

to confinar o povo indígena a áreas de proteção ambiental? Quais os impactos que a população indígena sofre quando em contato com a cultura e o pensamento do "homem branco"?

Pesquisando

12. Quando Tiago e Potirava acessam a internet para procurar informações sobre o Curupira, encontram vários *sites* interessantes, onde leem muitas histórias. Um deles fala de Câmara Cascudo. Você sabe quem foi ele? Já emprestou seu nome a uma lei e também é nome de museu. Pesquise mais sobre sua biografia para saber a influência que esse historiador teve na cultura e história brasileiras.

13. Pesquise mais sobre o Curupira. O que há de interessante a respeito dessa figura folclórica? Livros, filmes, reportagens? Depois de encontrar as informações que procura, ilustre a sua pesquisa com uma imagem do Curupira. Vale qualquer técnica: desenho, colagem, montagem ou reprodução, desde que sejam dados os devidos créditos. Mãos à obra!

■ Redigindo

14. Para o pajé da história, parte da salvação de sua tribo estava na figura do jovem herói, que devia liderar seu povo. Mas, na realidade, o que podemos fazer para que os índios não percam sua identidade cultural e ao mesmo tempo sejam incluídos e participem de tudo o que diz respeito ao nosso país? Escreva um texto de opinião a respeito.

15. Redija uma resenha crítica explicando por que, na sua opinião, a figura folclórica do Curupira aparece numa história contemporânea, recheada de instrumentos tecnológicos como a internet e o celular.

16. Com frequência, a literatura registra casos de amor impossível devido a conflitos sociais, raciais, culturais etc. Uma das mais belas histórias desse gênero é *O guarani*, de José de Alencar. Leia a obra e redija um artigo de opinião, apontando as semelhanças e diferenças entre esse clássico da literatura brasileira e o romance contemporâneo escrito por Manuel Filho.

9. Quando oferece a pulseira a Lígia, Potirava lhe dá junto um bilhete em que compara a importância da garota à da índia Mani, figura mitológica dos guaranis. Analise a comparação.

R.: ______________________________

____

____

____

10. Alguns filmes abordam o conflito da Guerra Guaranítica. Um deles é *A missão* (1986, dir. Roland Joffé, com Robert de Niro). O substantivo "missão" tem vários significados no filme. Converse com seus colegas sobre essas missões. Depois, compare: que missão Manuel Filho atribui ao herói Potirava?

R.: ______________________________

____

____

____

____

____

11.

> As condições de vida e os direitos dos povos indígenas Guarani do Mato Grosso do Sul [...] estão sendo extremamente violados e ameaçados. [...] Foram estas as constatações do relatório produzido pela Survival International para o Comitê para Eliminação da Discriminação Racial da Organização das Nações Unidas (Cerd ONU). O relatório [...] revela que problemas como assassinatos, suicídios, desnutrição, alcoolismo e deslocamentos forçados estão no topo das situações extremas enfrentadas pelos Guarani. O fator predominante para o desencadeamento das problemáticas é o não reconhecimento do direito à terra. [...] Uma das principais causas da tomada de territórios Guarani é o crescente interesse nas terras para a produção de cana-de-açúcar, matéria-prima do etanol, e para a plantação de soja e chá, além da criação de gado e para programas de assentamento do governo. [...]

PITTS, Natasha. *Situação de Guaranis no Brasil é a pior entre os indígenas das Américas.* Portal Adital. 18 mar. 2010. Disponível em: http://site.adital..com.br/site/noticia.php?lang=PT&cod=46203>. Acesso em: 21 out. 2013.

A notícia acima traz à tona uma questão delicada: o progresso está afetando negativamente a cultura dos índios, transformando em plantações, pastos e estradas uma área da qual eles faziam uso para sobreviver e buscar alimentos. Como resolver essa situação? Você acha corre-

5. O velho pajé tinha uma grande preocupação, já que estava ficando velho. Que preocupação era essa e como resolvê-la?

R.: ____

____

____

Linguagem

6. Você notou que Tiago sempre usa a interjeição "bah!" nos diálogos com os outros personagens. O que significa essa expressão e por que não é usual em todo o país?

R.: ____

____

____

____

____

____

7. Quando o pai de Lígia rejeita o jovem guarani, ele usa uma expressão particular, uma figura de linguagem chamada "eufemismo". Eufemismo é o uso de uma expressão mais branda em lugar de outra, mais chocante. Por exemplo, dizer "entregou a alma a Deus" em vez de "morreu". Qual foi o eufemismo usado pelo pai de Lígia?

R.: ____

____

____

Refletindo

8. Esta história ajuda a rememorar momentos decisivos da colonização da América Latina. Sabemos que os jesuítas abrigavam os índios dentro das Missões. Qual era a contrapartida dessa proteção?

R.: ____

____

____

■ Trabalho interdisciplinar

17. O que você sabe sobre o Tratado de Madri? Peça ajuda ao professor de História para pesquisar sobre o assunto. Dividam-se em grupos na classe para montar uma Linha do Tempo: o que originou a necessidade de um tratado assim? Quanto tempo levou para o tratado ser assinado? Quando isso aconteceu? Quem teve a ideia e quais os benefícios que esse tratado trouxe aos envolvidos? Quem foram os beneficiados? Quais as consequências que esse tratado teve ao longo da história do Brasil? Montem um painel ilustrado e promovam uma apresentação oral, expondo tudo o que foi pesquisado.

18. A classe de Lígia e Tiago fez a excursão até Sete Povos das Missões não só com o intuito de conhecer o lugar, mas também para dar mais veracidade à peça teatral que encenariam a pedido do professor de História. Dividam-se em grupos para encenar essa parte da história brasileira tal como a classe de Lígia e Tiago fez. Cada grupo fica responsável por uma cena da história. Peçam ajuda aos professores de Artes e de História para redigirem a peça e montarem a cenografia e o figurino. Marquem um dia para a apresentação e convidem os outros colegas da escola para, junto com vocês, aprenderem mais sobre esse episódio histórico.

Para qualquer comunicação sobre a obra, escreva:
SARAIVA Educação S.A.
Avenida das Nações Unidas, 7.221 - Pinheiros

CEP 05425-902 - São Paulo - SP
www.editorasaraiva.com.br
Tel.: (0xx11) 4003-3061
atendimento@aticascipione.com.br

Escola: ______________________________

Nome: ______________________________

____

Ano: ______________ Número: ______________